U0007309

女神（めがみ）：三島由紀夫經典短篇小說選

三島由紀夫

陳系美 譯

目錄
contents

女神

一

「到了需要陽傘的季節了啊。」朝子說。

「我買給妳吧。法國款式、傘柄長長的那種不錯。朝子適合撐那種傘。妳看，有個戴太陽眼鏡的女人走過來了。那實在令人受不了。朝子，妳絕對不能戴太陽眼鏡喔。」

「爸爸討厭太陽眼鏡啊？」

「那是對自己眼睛沒自信的女人戴的。好端端一雙美麗的眼睛，竟用這種東西遮住，還讓自己看起來像個不正經的女人，這有什麼意思嘛。」

父女倆進入陽傘店。無論買什麼東西，父親周伍都比當事人朝子更費心思，總是挑三揀四。搞到最後嫌麻煩的總是朝子，覺得買哪個都好，已經失去購物興致了。

「搭配這套洋裝，還是粗一點的條紋比較好。」

店員索性拿出十幾把傘讓他挑。周伍要獨生女站在鏡子前，一會兒叫她收起傘挾在腋下，一會兒又叫她撐開，不斷叫她擺出各種姿勢。

「這樣看不出陽光透過傘面投影在臉上的效果。朝子，一下子就好，到外面去吧。」

「不要啦，多難為情啊。」

朝子瞇起眼睛，望向陽傘店外灑落街頭的陽光。那是五月中旬，盛夏的熾烈陽光。太陽西斜。對街的大樓早已籠罩在陰涼的陰影中，櫥窗也顯得一片昏暗。

朝子習慣被人注視。但習慣並不表示不在乎。無論在電車裡、戲院裡、餐廳裡，朝子所到之處都會被男人盯著看。一個人盯著一個人，是件很可怕的事。少女時期的她什麼都不懂，但隨著年齡增長，當她逐漸明白《聖經》裡說的「用眼睛姦淫」的恐怖意義後，對於自己從未被玷汙的身體，遭受有毒目光的侵蝕，感到非常害怕。

在美國漫畫就有這種情節。一位打扮得光鮮亮麗的美女走在路上，一對中年夫妻駐足看她。太太看到的是，這位美女的服飾在走路；但先生看到的是，這位美女全身赤裸在走路。

雖然朝子的感受並未清晰到這種地步，但每次被人盯著看，讓她覺得被意淫的大概是色情狂之類的吧。儘管如此，朝子覺得男人看她的目光必定帶著特殊含意。這些可憐的男人裡，或許有人只是經過她身邊深深一瞥，這一整天就能沉浸在飄飄然的幸福中。朝子的臉蛋絕無淫蕩、輕浮、挑逗人心那種低俗魅力，但也不是不可侵犯、拒人於千里之外的冷豔美貌。她的美是散發著女人味、明朗、快活亮麗的美。這種鮮明的美，有著讓人想親近她的魅力。

買好傘走出店外，太陽已然下山，毋需撐傘了。

「好了，肚子餓了。我們去吃飯吧。」周伍說。

其實這個父親極其體貼，但也極其自我，不知道這兩種極端個性在他心裡是如何維持平衡的。他沒有問女兒餓不餓，只照自己的餓不餓就決定用餐時間。但他不是以專制、獨斷的語氣說出這個決定，而是帶著老紳士氣質優雅的微笑，以溫柔又充滿關懷的語氣說，因此朝子也無法抵抗。

傍晚的銀座，即使受到通貨緊縮的影響依然非常熱鬧，穿著初夏輕裝的人們熙來攘往。但這其中，真正來購物的人，恐怕寥寥可數。但若只是為了來享受散步樂趣，人行道又顯得太窄，一旦拐進巷子裡，路況更是坑坑疤疤，原本就狹窄的道路上，到處堆著施工的砂石。

每次經過這種路，周伍就忍不住要咒罵幾句。

「真該讓東京的官員嚐一嚐巴黎香榭大道的灰塵！這算什麼道路嘛！根本不是人走的！」

周伍是頗為知名的文明評論家，每當碰到這種事，他的口氣總是激昂憤慨。周伍那種高水準的態度，不同於戰後虛有其表的人。因為早在戰前，他就在海外旅居了十年，回到日本後大興土木蓋了一棟洋房，裡面沒有一張榻榻米，而且可以穿鞋進去，一直住到戰爭末期。

後來這棟洋房因為戰爭燒毀了，不得已才在未遭戰火蹂躪的田園調布，買了一間日式宅邸定居。唯有夏天，全家前往輕井澤別墅度假時，才會改成純西式生活。

戰前，周伍是某財團貿易公司的海外分店長，調回日本後，擔任該財團輕金屬部門的董監事。接著經歷了戰後幾年的放逐生涯後，當上了與舊財團關係密切的某公司總經理，生活才又再度忙碌起來。但儘管再忙也維持著一週一次，像這樣帶女兒上街的習慣。每到這天，朝子在父親下班時，一定會去日比谷某棟大廈的五樓辦公室接他。

——周伍推開外圍整片玻璃窗的餐廳門。即使是女兒，周伍也以淑女之禮相待，讓女兒先進去，自己再進去，而且動作比時下年輕人更自然，絲毫不顯矯情。但輕率之輩若看到這種禮儀舉止，再加上朝子的美貌，八成會胡亂猜疑，誤以為這對父女是老紳士和年輕情婦吧。

將陽傘交給衣帽間後，周伍輕擁著女兒的肩進入酒吧。

其實朝子不太喜歡喝酒，但父親有喝飯前酒的習慣，她也只好作陪。而且周伍絕對禁止女兒喝美國進口的可口可樂或橘子汁。

酒吧十分冷清。無所事事的酒保透過酒瓶間的縫隙，對著壁鏡調整黑領結。

周伍對前來招呼的服務生說：

「我要馬丁尼。朝子，妳呢？」

一臉柔和地看向朝子。

「我？我要多寶力（dubonnet）。」

服務生離開後，周伍向女兒露出「合格」的微笑。

在父親的嚴格教導下，朝子深知點酒時必須注意兩件事。首先，女性該點的酒有利口酒、葡萄酒、柑橘酒和甜雞尾酒；其次，點酒時必須配合當天的衣服顏色。今天朝子穿的是淡葡萄酒色的洋裝與同色系的鞋子，因此根據父親平日教導，點了葡萄酒。

酒送來後，父女舉杯相視微笑，輕輕碰了碰酒杯。

到餐桌坐定後，接下來的點菜又是一大學問。朝子看得懂所有法文菜單，西式餐桌禮儀也從小被嚴格教導，因此不會出任何差錯，但有關菜色的挑選與搭配，是和父親一起上餐廳後才訓練出來的。

父親用餐的方式是法式，左手總是拿著麵包，右手拿叉子進食。餐桌上的對話必須是愉快有幽默感，有氣質、但絕不能傷到對方的幽默感。這是周伍為了讓女兒將來成為大型晚宴的女主人，特別加以訓練的。

「即使有一天妳出國了，」周伍說：「既然身為日本人，就必須知道日本的事。」

「所以我答應陪您去看能劇啊。」

「這個星期天在水道橋演出的《猩猩》，宣傳單上註明是寶生流特殊的『七人猩猩』，所以會有七隻猩猩出場。這樣祭酒恐怕一、兩斗是不夠的吧。不過話說回來，表演壓軸亂舞的主角只有一人，其他猩猩並不會出來當陪襯，這個解釋應該合理吧。」

朝子忽然沉默不語。

周伍敏感地察覺到，面對自己說得滔滔不絕，率直的女兒擺出一副乍看聽得津津有味的模樣。這也是他平常教導的「無論出席任何社交場合，都能不丟臉的表情」，但神情中有一抹恍神的陰霾，於是他心想：

「這孩子沒有在聽我說話呀。」

但想歸想，他沒說出口。因為他認為女兒已經完全學會，在這種表情背後隱藏自己心思的技巧，所以不禁微微一笑，感到很驕傲。

可是父親說完話後，朝子的表情依然處於恍神狀態，並未立刻恢復。

「妳怎麼了？」

「哎呀……沒什麼。」

「妳有事瞞著爸爸對吧？」

這時服務生來收空盤子，同時有五、六位男女客人笑笑鬧鬧地走進來，打斷了父女倆的談話。兩人若無其事地看著插在造型很容易倒的、細身鍍銀一輪插花器裡的兩朵紅白石竹花。

於是原本幸福洋溢的餐桌，霎時有如烏雲遮日黯淡了下來。

周伍露出極度不願從幻想中醒來的表情。他明白當自己斑白的雙眉緊蹙時，自己的執拗任性也將像孩子般一發不可收拾。

「妳在想什麼？」

「沒有，什麼也沒想。」

「不可以對爸爸說謊。說吧，什麼事都沒關係，說給我聽。」

周伍的自我主義發作時，表情會和發作程度成正比，變得格外柔和。

「來，說給我聽聽。」

在父親的逼問下，朝子低著頭，略微急促地小說聲：

「……我在想媽媽的事……」

「哦……」

周伍將叉子放在盤子上，嘆了口氣。

「朝子，我們約好的不是嗎？和爸爸出來玩的時候，不准提媽媽的事。」

「是啊，可是……」朝子依然手持刀叉，盡可能自然地繼續切肉片。其實剛才豁出去坦白時，她感到自己的手指僵硬了。

「……我和爸爸在一起的時候，非常快樂。可是我覺得這種幸福，好像建立在不幸上、被不幸支撐著，不由得就想起媽媽了。不過，我和朋友出去玩的時候，不會想這種事……」

「嗯。」周伍的表情宛如酒醒後的蒼白黯淡。「我也瞭解妳的感受喲。可爸爸不是冷漠無情的人。媽媽或許也不像外表看起來那麼不幸。她過著足不出戶、不見任何人的生活，有一半是因為她喜歡這麼過。雖然沒約她出來，我也有錯，不過我知道約了她也不會出來。隨她高興比較好，這也許對媽媽是最幸福的。」

「可是，」朝子稍微有了勇氣，努力快活地說：「……可是，爸爸您要不要試著邀她一次看看？」

「嗯……這個嘛，朝子，這件事比妳想像的難很多喲。」

木宮周伍的夫人依子，若誇張一點形容，簡直是個令人讚嘆造化神妙的美女。周伍對她呵護備至，在長期旅居國外期間，這對形影不離的夫妻也是所屬貿易公司的驕傲，更可以說是日本人的驕傲。依子身材修長曼妙，一般日本女人穿不來的晚禮服，她也能穿得比任何法國女人更為優雅華麗。通常日本女人很少適合佩戴珠寶。因為珠寶只適合猶如大理石般光滑白皙的肌膚，而日本人淺黃的膚色搭上珠寶的光澤，就像水不溶於油。但依子的膚色非常適合佩戴珠寶。她那豐盈的胸部與美麗的肩膀，穿著正式晚禮服也絲毫不顯突兀。這對夫妻去陌生的餐館時，即使不至於被誤認為中東的國王與王妃，也經常被以為是王族與妃子。

依子對自己的美貌很有自信，但她的美多半是丈夫周伍調教出來的。周伍對女性美的研究，儼然到了一種偏執地步。他只允許妻子用他喜歡的香水，而實際上，這種香味也成了她的象徵。有一次，依子用了別人送的香水，準備出門參加宴會。丈夫忽然把鼻子湊到她的肩上，隨即面露凶相，倏地將妻子拉進浴室，親自用肥皂使勁洗遍她的全身。剛開始依子誤以為丈夫是出於嫉妒，極力申辯自己的冤枉，因為香水是大使夫人送的。但周伍的粗暴行為絕非出於嫉妒，而是因為他的幻想被破壞而抓狂。從那之後，依子不再使用其他香水。

周伍對依子極其呵護，甚至會愛撫她的腳底與指尖。周伍這種愛的方式，即使被人知道了，只要看到依子的美，想必也不覺噁心或離譜。此外，周伍對女人的穿著打扮也有獨到見解，因此比女友們對服飾一知半解的看法，依子更遵從丈夫的意見。即便只是外出散步，周伍對妻子的服飾也給予意見，連清晨的樹色或黃昏的樹色都會考慮進去。女人的服飾必須配合天空的顏色、海水的顏色、晚霞的顏色、拂曉的雲彩濃淡、池水的映色、樹木、建築物、室內的配色，以及一天中所有的時間、光線、聚會氣氛等等，必須和一切事物保持協調或對照。同樣是晚禮服，也有分去法國國立歌劇院與一般平民對象的歌劇院，兩者的晚禮服差別很大。此外，受邀去別人家參加宴會時，因為對方宅邸的裝潢陳設，會使得某些服飾格外搶眼，有些則不會。這些也都必須考慮在內。

每次周伍帶妻子去參加晚宴回來，總會對妻子的舉止或對應給予批評。譬如抽菸的姿勢、酒杯的拿法、接受邀舞的態度、扇子的用法等等，該怎麼做才能更顯曼妙優雅，該怎麼做才會看起來更美，諸如此類鉅細靡遺地加以指導。有時他看到依子披著睡袍，在上床前的片刻，慵懶地躺在貴妃沙發椅上，不禁驚豔讚嘆，對她自然而妖豔的姿勢讚不絕口。起初，依子也對這種導演般的囉唆指示很反感，後來明白周伍的意見是正確的，對他吹毛求疵的批評也就乖乖順從，不再抵抗了。更何況，女人對於讚美是百聽不厭。

實際上，「美」可說是藉由崇拜與信仰才能達到。由於周伍如此崇拜她，依子也就相信自己是美到無與倫比的美人。而這種自信，正是讓外界認為「她是無與倫比的美人」的捷徑。依子的美逐漸變得雍容華貴，充滿威儀，連外國女人看見依子，也不免懾於她的氣質。

唯一令依子感到美中不足的是，她想有個孩子。每次她把這個極其平常的願望告訴丈夫，丈夫總是一笑置之。他們是一對正常夫妻，想生小孩隨時都可以，但周伍無論如何就是不答應生育，說會破壞依子難得的優美曲線。

「妳不該是擁有這種平凡願望的女人。」周伍說：「男人的天才，女人的美貌，正是神明的恩賜，絕對不能隨便糟蹋。天才的宿命是註定身不由己，必須放棄世上一切稀鬆平常的願望。同樣的，美人也是不自由的人，必須終身奉獻給自己的美貌。除了『美』以外的事，必須全部犧牲。若有了平凡的想法，要把它當作是惡魔的誘惑。想要生育小孩這種願望，正是嫉妒妳美貌的惡魔，在妳耳畔灌輸的誘惑。」

儘管如此，隨著年近三十，依子更苦惱的是丈夫為何總是無法察覺，比起生育小孩，更令人恐懼的敵人是年齡。一旦過了三十歲，她的心境就站在斷頭台上了。

但事實上，周伍對女人年齡的感受比依子更強烈。他幾乎是閉著眼睛忍受女人肌膚凋萎之迅速。但依子的美貌大半是他創造的，因此面對這個美貌的凋萎，他認為自己有責任，縱使只是一點點，也必須加以阻止。所以隨著妻子的年歲增長，他在化妝技巧、體操、滋養肌膚的營養攝取等方面，為妻子絞盡了腦汁。

木宮夫婦回到日本後，依子已三十五歲。在日本的環境下，依子終於說服丈夫，生下了多年期盼的孩子。那就是朝子。

丈夫對孩子誕生的態度，讓依子首度覺得自己的丈夫是個非比尋常的怪物。

周伍的反應完全迥異於一般父親。他對第一個出生的孩子不表任何關心，甚至直言不諱地說，嬰兒的臉醜死了。聽得依子傷心哭泣。其實周伍並不是說自己的小孩長得醜，只是覺得一般初生嬰兒的臉都長得有點畸形。

就周伍來說，一個女人從自己的妻子轉成母親，是一種可怕的墮落。因此這個怪人父親憎恨造成這種墮落的罪魁禍首：嬰兒。

此外也發生另一件奇妙的事。依子看出丈夫對孩子的態度後，洞悉了自己被擺放的位置。若夫妻感情因此轉淡還可以理解，但情況並非如此。依子產後不久又受到丈夫的影響，比以往更在意自己的身材曲線。

或許依子的母性原本就比較淡吧。剛開始朝子是交給奶媽帶，接著交給女傭，後來索性都放給家庭教師照顧。她自己則是再度投入社交生活。對於生了小孩後，身材也沒怎麼走樣而感到安心，開始覺得自己還很年輕，這種自信一直持續到四十五歲，也就是戰爭結束那年。

戰爭期間，依子的特立獨行相當受到矚目。她總是穿著洋裝，而且是華麗的洋裝，因此被當時提倡「奢侈是敵人」的運動人士視為眼中釘。走在街上時，好幾次遇見熱中這個運動的大嬸發「杜絕奢侈」的傳單給她。有一次，依子收到傳單後，大放厥辭：

「如果連我都不打扮，日本不曉得會變成怎麼樣。正因為是戰爭時期，桌上才更應該擺放鮮花。要是大家都變成妳這種髒兮兮的黃臉婆，日本不就完了。」

這番話使得**用帶子束著和服袖**的大嬸，氣得當場掩面痛哭。

木宮家並不急著疏散。周伍因為公司的關係必須留在東京，但依子和女兒朝子，有段時期則搬去住在輕井澤的別墅。不過糧食短缺，加上輕井澤的生活不夠刺激，依子又帶著女兒搬回了東京。東京的家，由於公司的緣故，黑市糧食的供給相當充裕。

但木宮家在五月二十五日的空襲中，燒毀了。

依子之前在收拾疏散用的行李時，唯獨在巴黎買的華服與香水不肯放手，即便知道沒機會派上用場，也硬要把它們裝進小皮箱裡，連睡覺也放在枕邊，以便緊急時帶著逃走。

空襲警報響了，三個人和女傭一起進入院子的防空洞。

在這種危急時刻，當時十歲的朝子不是跟在母親身邊，而是緊緊抓著女傭，不停地顫抖。即使身處防空洞，木宮夫婦的衣著也不馬虎。周伍在睡衣罩上絲質睡袍；依子迅速打扮，穿上長褲與罩衫，再披上毛皮短外套。這時她打開粉餅盒，藉著防空洞的微弱光線，悠然地為晨起的臉蛋補妝。

一顆炸彈落在附近，發出震天巨響。霎時防空洞的電燈熄了。

「今晚落得好近啊。」

周伍說。依子沒作聲。

這時從洞口的細縫，可以看見一陣閃爆火光。

周伍起身走到洞口，拉開一道門縫。木宮家的洋房，每扇窗戶都竄出了火舌。驀地，洞門被爆炸氣浪推回原位。周伍踉蹌跌回洞內。朝子哭了起來。

「糟糕！是炸彈！」

一家人摟成一團，度過一段漫長的忐忑時間後，轟炸機似乎遠離了，只是火焰的熱氣不斷傳來，防空洞裡也愈發悶熱。

「看來我們還去避難比較保險，待在這裡會被蒸熟啊。」

周伍推開洞門走到外頭。房屋在熊熊烈火中燃燒著，熱氣逼人，幾乎無法直視。

「快帶朝子出來！」

四個人走出洞外，穿過寬闊的宅邸往大門奔去。此時，依子忽然大叫：

「啊！我的巴黎衣服！」

周伍想阻止她，但已經來不及了，依子轉身朝防空洞跑去，不久便提著小皮箱出現。不料此時一根著火的梁木，不偏不倚從依子的頭上落下。

「啊！」

周伍驚叫。依子連忙閃躲。火焰擦過她的臉頰，落在地上。即使如此，依子依然沒放開小皮箱，朝著三人等候的大門跑來。她的毛皮短外套上有幾處星火，周伍和女傭連忙將它拍熄。

——灼傷成了醜陋的疤痕，留在依子的半邊臉上。

從此，依子不肯見人，終年待在家裡。

二

……就在美麗的依子臉上留下醜陋疤痕的幾個月後，戰爭結束了。

在戰後一、兩年間，某位太太美麗的臉被火灼傷這種事，根本無法列入悲劇。人們都為了重建生活疲於奔命，周伍自然也不例外。

這時，周伍遭到公司放逐，就算不願意也得待在家裡。他環顧家中，不禁毛骨悚然。這是個難以言喻的陰鬱家庭。他盡畢生之力打造的家庭，竟是如此晦暗。

依子始終蟄居家中，臉上不再出現笑容，總是充滿怨恨地瞪著周伍。實際上，把自己塑造成美麗女神化身的人正是丈夫；同時，灌輸她身為女人、一旦失去美麗便分文不值這種侮辱人的哲學，也是這個丈夫。如今不再美麗的她，甚至堪稱醜到嚇人的她，已然失去生存希望，只能活在喪失一切的絕望中。這種現狀，與其說是空虛造成的，不如說是受到丈夫的冷酷哲學影響；也就是掉入丈夫慘忍的**陷阱**裡。

依子失去了晨起攬鏡梳妝的習慣。唇不抹紅，臉不施粉，也不再噴市面上的流行香水。洋裝也故意穿樸素的。從灼傷那年的四十五歲起，只經過兩、三年，看起來卻已老了十五、六歲。不過這也因為她四十五歲時看起來只有三十四、五歲，所以突然變得比實際年齡老很多，也是理所當然。

這種幾近天才、惹人厭的方式，效果極佳。現在依子為了報復丈夫，誇張地表現出自己的醜陋。她想傾全力讓丈夫知道，他抱持的幻想都是虛幻的。從依子很年輕時，跋扈的丈夫就很討厭看到女人剛睡醒的臉，因此依子養成了比丈夫先醒、稍微化妝後再躺回丈夫身旁的習慣。如今年近五十的依子決定，一直到死，都要讓丈夫看見這張有**疤痕**的晨起恐怖臉孔。

她宛如以全身這麼說：「看吧！你認為是美麗女人的素顏，其實是這副模樣喲！你用白粉、口紅、香水、珠寶、華服把我裝飾起來，只是在欺騙你自己的眼睛喲！這個粗糙的皮膚、這個乾裂的嘴唇，其實都隱藏在那個美人裡面喔！你仔細看清楚！你的眼睛再也無法從這個現實轉開！」

一般男人碰到這種事，身上又有點錢的話，八成會去外面捻花惹草。但依子看準了周伍不是那種男人，才擬定這種報復。事實上她的算計也很正確。

周伍一生真正愛過的女人，只有妻子。他對妻子的愛不僅忠貞不二，而且幾近癡狂。他也不曾和別的女人有過緋聞。這個超乎尋常的理想主義者，即使碰到如此嚴峻的幻滅，依然無法做出有損節操的事。

他對女性美的愛，就如哲學家熱愛哲學、科學家熱愛科學，專注且徹底，沒有餘力去追逐其他女人形形色色的美。這是為了貫徹自己的信念而改變現實，需要長年的歲月與耐性、集中精神去完成的工作。但現實卻在一夕間展開復仇。僅僅一夜之間，那張無與倫比的美麗臉蛋，被燒成了駭人的臉孔。

其實丈夫的絕望比妻子深。他為了妻子，費盡心思與老化這個天敵奮戰，甚至比妻子更投入。但對於小小皺紋、皮膚衰頹、肌肉鬆弛等無可奈何的變化，這個抱著昔日幻想的丈夫倒不是那麼在意。只要長年生活在一起就會習慣衰頹，也沒什麼好驚訝的。畢竟天人都會五衰了。所謂「天人五衰」指的是，天人接近臨終時，身上的光暈會消失，華髮會萎散披落，兩腋流汗、肉身臭穢、姿態頹崩……可是一把無情火，在一夜之間，便在天人的臉上，留下令周伍幻想破滅的恐怖五衰。

戰爭結束後幾年的某一天，周伍在客廳會客。那是個梅雨時節的午後。客人談著放逐即將結束，戰前的企業家將恢復雄風，情勢相當樂觀等話題。周伍耐著性子敷衍地聽著。接著客人提起幾天前太宰治殉情的事。

「文人真的很不檢點啊。」客人說：「有妻室的人，居然還跟別的女人殉情。」

「那個妻子一定讓人很難忍受吧。」周伍說。

「可是，聽說太宰治也很愛他的妻子。真搞不懂他在想什麼。」

「哦？他也很愛妻子啊？」

周伍顯得興趣盎然。原來很愛妻子也會發生悲劇，這一點勾起了他的興趣。不過客人很清楚周伍是完全不捻花惹草的愛妻先生，也知道他妻子的臉遭到灼傷所以絕不見客，很機警地打住了這個話題。更何況，周伍不是對日本現代文學有興趣的人。

客人看向庭院。雨已歇了，但翠綠蓊鬱的樹葉依然不斷滴落雨珠。當時的田園調布離市中心的噪音還很遠。庭院的樹木飽含連日來的雨水，潮溼而沉重的樹葉互相依偎地垂了下來。整個庭院有種莊重水嫩的感覺。通往大門的踏石也長出又厚又黑的苔蘚，有如動物的背脊般溼滑。

這時，從鋪石小徑傳來腳步聲，伴隨著低喃的哼唱。穿著女學生制服的朝子，從繡球花叢中露出臉來。她才剛進女校，一張還不像女學生的稚嫩少女臉蛋，宛如被雨水洗滌過顯得清純白皙，在繡球花叢中探向這邊。

周伍大吃一驚看向繡球花間，彷彿看到了極其年輕時的依子。

「是朝子啊，過來。」

周伍難得地叫女兒過來。

「可是有客人吧。」

女兒對向來難以取悅的父親敬而遠之，顯得裹足不前。

「沒關係，過來。給妳點心吃。」

少女沿著踏石，一邊晃著放學回家的書包，一邊走向客廳。

此時，周伍心中意外地，萌生了一股新的熱情。

過去，周伍在女兒臉上只看到一個小孩。實際上，十三歲的朝子也依然是小孩沒錯。她是個聰明、學校成績也不錯的好孩子，處在父母奇妙對立所醞釀出的氣氛陰鬱的家庭裡也不氣餒，算是個開朗快活的少女。但在朝子年幼的心靈深處，這種快活或許是故意裝出來的。打從很小的時候，朝子就意識到自己是個不被愛的小孩，至少不受歡迎。她孤零零一個人，由奶媽扶養長大。但戰爭時期的有趣回憶，拂去了她記憶裡的孤獨陰影。在她剛懂事時，美日戰爭已經開打。多虧戰爭時期偶爾會有提燈遊行或高舉旗幟的遊行隊伍，這些令人興奮的事取代了少女個人不愉快的記憶。雖然她是出生就不太受歡迎、一個人孤零零長大，但回想起小時候的事，浮現在腦海裡的總是戰爭的興奮、龐大的遊行隊伍、新聞報導，還有空襲的恐怖景象、防空演習的趣事，以及避難訓練等等，似乎未曾深刻地想過屬於自己個人的悲劇。

朝子的心裡，其實並沒有陰影。

她對任何事都不抱深厚感情，即使獨自一人也會尋找樂趣，絕不給別人添麻煩，也不會自憐自艾地思索自己的事，可以說是徹底的開朗。周伍夫婦也經常想不通，為何會養出如此懂事乖巧的小孩。朝子是個完全不給他們帶來負擔的小孩。

……當這個嬌小的女學生的臉出現在繡球花叢，周伍忽然萌生一種從未幻想過的新希望。

「我要把這孩子塑造成第二個依子。我要盡我餘生之力，把這孩子培養成理想的女性。」

周伍暗自打定主意。

這個念頭出現後，朝子的臉蛋之美，看在這個父親眼裡便愈來愈清晰。雖然年紀還小，臉蛋的輪廓並不是很立體，但從鼻眼五官已約略可看出是個美人胚子。女性之泉已從源頭湧出，經過這個泉水洗滌後，過去美麗的女童可能變成醜陋的少女。但相反的，以前貌不驚人的女童，也可能蛻變成世間罕見的美少女。周伍認為朝子屬於後者。

還有那天真無邪的明眸，若添上一分嫵媚或一抹憂愁，就會比有特定含意的眼神，更能綻放出妖豔誘人的光芒。唇形的線條相當美好，直挺但不尖銳的鼻梁散發著高雅氣質，細緻的肌膚吹彈可破，在在都是麗質天生。

客人離去後，周伍要女兒坐在客人坐過的椅子上。

由於朝子未曾有過如此待遇，坐上椅子時，顯得些許不自在。在她拿起第二塊蛋糕時，糕屑紛紛掉在裙上。

「今天在學校都做了些什麼？」

「今天考默寫，就是dictation。我考了八十分喲，很厲害吧。」

「很厲害。」父親心不在焉地回答，目不轉睛凝視女兒的臉。「朝子……」

「什麼事？」

「不可以把糕屑掉得到處都是。聽好了，從現在起，爸爸要好好地照顧妳。以前爸爸太忙了，忙到沒空管家裡的事，直到被放逐後，才終於注意到家裡的情況。以前爸爸忽略了妳，真的很抱歉。」

看到爸爸如此鄭重地當面道歉，朝子不自在地笑了笑。

「短時間內可能不會恢復工作。所以在這段期間，爸爸想要全心全意照顧妳，沒問題吧？接下來爸爸要當一個真正的父親，而且是模範父親喔……妳想要什麼，爸爸都買給妳。妳想做什麼，爸爸也都答應妳。只要跟爸爸說就行了，不用客氣喔。」

「哎呀，我從來沒有客氣過喲。」

「那就好。不過，人要有慾望才行，不可以滿足於微不足道的事。不論是物質方面或是學校功課，都是一樣的道理。爸爸會讓妳做所有妳喜歡做的事，但是妳必須聽爸爸的話才行。因為爸爸要把妳培養成日本第一美女。」

「美女？什麼美女，好奇怪哦。」

「一點都不奇怪。朝子是個美女。」

「哎呀，可是從來沒有人說我是美女喔。」

「爸爸現在就說了。錯不了的。」

實際上，與其說這是周伍教育家的天分，遠不如說他像老練的馬戲團團長。這和馴服猛獸，或訓練海獅表演特技的天分相似。

周伍從依子的例子已經明白，讓女人變美的最大祕訣為何。那就是無時無刻告訴她：「妳是美女。」用這種持續的催眠暗示法，讓她相信「我是美女」。只要從小灌輸她這種思想，成功是毋庸置疑的。

周伍不斷地給朝子這種暗示：「妳長得很美。」縱使朝子還是個孩子，聽了也很高興，經常攬鏡自照，看看自己是否真的很美。漸漸地，父親這句話好像應驗了似的，朝子不知不覺發現自己變得很美，感到相當驚訝。

朝子突然變得愛打扮，而且會把父親買的、不適合小孩的華麗手帕帶去學校，這種轉變都看在不幸母親的眼裡。

有一天，母親看到朝子在上學前對著梳妝鏡照個不停，心裡突然激起一股莫名的嫉妒，出口斥罵女兒。

「妳在幹麼？小孩子照鏡子照那麼久做什麼？」

「因為人家想變成美女呀。」

依子眼神陰沉地陷入沉思。

「沒用啦，朝子才不會變成美女呢。」

話一出口，依子想起一件事，口氣轉趨尖銳地繼續說：

「是誰？是誰灌輸妳這種無聊的想法？」

「是我自己。」

「不要說謊。老實說出來，是誰？」

朝子哭喪著臉，拎著書包衝向玄關，然後說：

「是爸爸啦。」

依子送女兒出門後，走去丈夫的房間。周伍正在晨光中讀報。依子默默地走到他身旁坐下。周伍抬眼一看，那灼傷的臉頰，在夏日朝陽照射下呈現恐怖的牡丹色。

「妳灌輸朝子那種無聊的想法，是想讓她重蹈我的覆轍嗎？」

周伍默不作聲。

「我懂了，你連朝子都想把她塑造成畸形兒。你的魔掌終於伸向朝子了。」

「妳說得太誇張了。」周伍鎮定地說。

「不誇張。因為你的興趣就是把最甜蜜、最具有毒素的言辭，灌輸到女人的腦袋裡。」

「我哪有對朝子灌輸什麼？」

「少跟我裝蒜了。你打算像捏玩偶般塑造朝子，讓她成為你理想中的美女吧。但結果會如何呢？我就是活生生的例子。託你的福，我從三十歲以後，沒有過過一天安詳的日子。直到臉變成這樣，才不必和別的女人競爭，也不用擔心輸給年輕女人，終於可以安詳度日，也才終於可以過我自己的生活。我不要朝子步上我的後塵。」

周伍嘲諷地打斷妻子的話。

「這是妳的嫉妒心作祟。妳一想到朝子將來的年輕與美麗，就妒火中燒了。妳無法忍受除了妳以外，我還塑造其他的理想女性，即便那人是妳的女兒……而且這還真妙啊，既然妳說終於可以過自己的生活了，有客人來卻避不見面，難道妳害怕讓人看到妳自己的生活？」

「你這個人真殘酷，太可怕了。你是個沒有絲毫感情的冷血動物。竟會如此嘲笑自己妻子的臉。這張有灼傷疤痕的恐怖的臉！」

「不要提臉的事。」

「不要提？這只是你的自私在作祟！我可是可以整天談臉的事喔。」

「悉聽尊便。倒是我很後悔沒有把靈魂注入妳的體內。朝子絕對不會只有美麗的臉蛋，我還會給她所有的教養，讓她成為一個內在也比任何人都美的真正美女。妳說這是我的興趣，但也是我的一種天職，所以請妳不要干預。」

「好可怕的天職啊。」

「這沒什麼好可怕的。我祈求的只是朝子的幸福。」

「我也得到幸福了嗎？」

依子直勾勾瞪著周伍。周伍終於放下報紙，倉皇起身離開了。周伍走了之後，依子依然凝望著他坐過的空間。庭院裡灑滿上午炙熱的陽光，蟬聲不絕於耳。

朝子順利地成長。父親對她的教育既嚴格又溫柔，可謂無微不至。

朝子跟父親學法文，藉由參加音樂會或聽唱片培養音樂素養。她很早以前就開始練鋼琴，但父親對女兒練習的曲子一一過問，只讓她練極其優雅的鋼琴曲。關於閱讀也只能讀父親挑選的書，不正經的現代小說一律不准讀。無論懂不懂，都要讓小孩從小讀古典文學。於是朝子被指定閱讀《更級日記》與《柯列弗公主》（*La Princesse de Clèves*）。為了避免變成頭腦發達的男人婆，父親讓她遠離政治與經濟，讓她學習茶道與傳統花道。但父親不喜歡長唄[2]和日本舞蹈裡的低俗歌詞，因此不讓她學習。此外也常帶她去看歌舞伎和能劇，並詳細為她解釋精彩的可看可聽之處。若朝子在學校學了時下的流行用語回來，周伍會罵她，立刻加以糾正。但藝術鑑賞的部分就被忽視了。因為周伍認為，朝子就是完美的藝術品，要她去鑑賞其他藝術品實在太荒謬。更何況就周伍的信念而言，女人無法純粹客觀地欣賞「美」，因此不適合成為藝術的贊助者。一個美女只要能欣賞湯瑪斯．根茲巴羅（Thomas Gainsborough）之類皇家藝術學院的明快之美即可，若對於畢卡索的「格爾尼卡」（Guernica）感興趣，她的魅力將會減半。

女性對美的感受性，一定要平庸才行。若覺得火車頭很美，這個女人大概也完了。此外，必須有很多害怕的事物，譬如怕蛇、怕毛毛蟲、會暈船、怕聽鬼故事，碰到這些事物必須打從心底害怕。但對夕陽、紫羅蘭、風鈴、美麗的小鳥之類平庸的美，必須永不厭煩地傾心喜愛，如此才呈現出女性真正的魅力。關於茶室、茶庭、能劇、歌舞伎之類的普通教養，則是為了將來和外國人來往時不至於丟臉。這些都是周伍的顧慮之處。

因此周伍告誡女兒不要讀太多小說，以免她成為耽溺於小說的浪漫女人。女人若太有浪漫情懷，絕對無法滿足於現實的幸福，萬一走偏了還可能沉溺於享受自己的不幸。

為了讓現實在她眼裡看起來是有魅力的，周伍鼓勵女兒運動。譬如網球、游泳、排球之類的輕量運動，可以讓她身材更美，精神更為煥發。但打網球絕對不能太熱中，以免右手變得比左手粗長。總之適可而止就好，不要想當選手。對周伍而言，奧運女選手是一種詭異怪誕的人。

關於女性美，近來個性美蔚為風潮，但周伍頗為排斥。雖說未必要像洋娃娃般的美才是美，但個性美容易令人厭倦，更重要的應該是優雅。女人的個性若超過優雅，大概會變成一個怪物。某項專長特別突出也是一大禁忌。因為「美」原本就只能建立在微妙的均衡上。

有些女人，你只要跟她交談過兩、三句，離開後會感受到一種如香水裊繞不去的餘韻；這才是周伍最苦心經營的，他希望賦予朝子這種難以言喻的氣質。他總是叮嚀朝子：「不可喋喋不休。」「不要試圖多做解釋，因為多嘴最能破壞幻想。」

在周伍與眾不同的教育下，朝子逐漸成長，愈長愈美。這期間周伍也解除放逐了，恢復成以往每天忙碌的生活，只不過依然將工作之餘的時間全部花在女兒身上，這一點絲毫不假。

就連依子也在不知不覺中忘了嫉妒，拭目以待女兒成長；原本過著尼僧隱遁般的生活，

1　平安時代中期菅原孝標女的回想錄，平安女流日記文學的代表作之一。
2　一種日本三味線的音樂，正式名稱為江戶長唄。

不覺間又開始仿效丈夫，將自己的夢想寄託在女兒的未來。

一家三口彼此忍讓，遷就地生活在一起。

周伍和朝子的餐桌上，放著服務生端來的飯後甜點栗子蒙布朗。

剛才朝子提起母親的事，使得父女談話中斷了。

穿著白色制服的服務生神情肅然地穿梭於餐桌間。手推車上有一隻大型冰雕天鵝，天鵝背上擺著沙拉，服務生將它推到別桌去。

朝子望著神情凝重的父親，內心感到好笑。由於父親平日的舉止太過溫柔，又帶著一種跋扈，使得朝子也養成了一種自衛能力，能夠保持一段距離去觀察父親。以她這種年齡的女孩來說，這種從容很不容易。

「我還有一件事想問爸爸……」

她一邊柔和輕巧地使用晶亮銀匙，一邊說。

「什麼事？」

「我可以自由做的事情有哪些？」

「我不是凡事都讓妳自由去做嗎？」

「也是啦，這樣的話，那就沒問題了。」

朝子說起狂妄的話，其實也很可愛。接著她又說：

「比方說，戀愛也可以嗎？」

「難道妳戀愛了？」

周伍的表情彷彿發現了女兒有扒竊癖。

「您別這樣看我啦。請放心，我還沒談戀愛。」

「這是當然的囉。有資格和朝子談戀愛的年輕人少之又少啊。」

「我是在想，如果爸爸是個頑固守舊的人，那麼他一定會強迫我嫁給他挑選的人，可是我不願意為此強烈反抗、隨便找個平凡的男人談戀愛，結果變成過去太受寵愛的反動，造就一樁不幸的婚姻。」

「這倒是滿常見的。這種例子現在也隨處可見。」

「可是，爸爸不是那種頑固守舊的人吧。」

「我可是個過分新潮且明理的人喲。」

「是嗎，這就不見得了……只是，爸爸總認為沒人配得上我，不知不覺中我也這麼想了。不過，要是我喜歡上一個平凡的人，就得反抗您才行——但是我沒有這種念頭喔。如果為了反抗您而去戀愛，嗯，該怎麼做呢？我想只能找一個和爸爸年紀相仿的紳士談戀愛吧。」

「不要胡說，太不吉利了。爸爸不會強迫妳接受妳不愛的男人，但爸爸還是希望妳和年輕有朝氣的青年談戀愛喔，只是配得上妳的年輕人太少了。妳就先和平凡的年輕人玩玩吧。到了夏天去輕井澤，就有很多這種人了。」

「我可以和這種人不戀愛就結婚吧。」

「只要妳不後悔。」

「說得也是。到目前為止，我還沒碰到讓我愛得不顧一切的人。就算一輩子都沒談過一次戀愛，我也不後悔喔。」

「不過以妳的年紀來說，這種想法太傲慢了。」

「比方說，以前有個男孩子完全無視我的存在，故意藉此想吸引我的注意。他很聰明，就某個層面來說也算頗有英雄氣概。可是，我對這種事卻完全不以為意。被無視就無視，無所謂。因為人一定會看到眼前的東西，故意視若無睹只會讓人覺得不自然。」

「朝子，妳講話不要太老氣橫秋，這樣爸爸會很困擾。沒關係，妳就儘管去談戀愛吧。雖然我愈來愈難掌握自己的心情，不過即使那是個平凡的男人，我也會答應把妳嫁給他吧。雖然這是件感傷的事。朝子，我給妳的東西，是其他男人傾其一生也無法給妳的吧。我有這種自信，多少也能有點慰藉。」

三

這段談話結束後，父親與他美麗的女兒走出餐廳。

五月柔和的夜晚，走在華燈初上的街道，帶著溼氣的南風徐徐吹來，舉目淨是賞心悅目的景象。

「稍微散散步吧。」

周伍說。和朝子走在街上是很愉快的事。

周伍是個理想主義者，但對現實也是個膽怯的務實主義者，比起愛戀女人而忐忑不安，他寧願選擇帶著這位舉世無雙的美麗女兒一起散步，這樣快樂多了。因為父親的愛沒有肉慾，也沒有不安，所以朝子的美麗與優雅只會為周伍的心靈帶來祥和穩定，以及精神上的滿足與驕傲。這是世上最不會膩的感情吧。

朝子穿的葡萄酒色洋裝，在夜晚櫥窗散發出的燈光照射下，忽而轉黑，忽而變紅。不時有路過的年輕男子回頭看她，使得當父親的周伍相當幸福。

「朝子會奪走所有男人的心。」

周伍如此暗忖，變得更驕傲了。比世間擁有狀元兒子的父母那種驕傲還要高出幾十倍，而且他的驕傲帶有一種官能上的滿足，讓他完全忘記窩在家裡等候的、那個陰沉醜陋的妻子的不幸。

父女倆正要轉過街角時，看見一個醉醺醺的男人打算橫越馬路的背影。這名男子穿著黑色西裝，像蝙蝠般搖搖晃晃走上車道。霎時，旁邊衝來一輛車子，周伍和女兒同時驚聲尖叫。

「危險！」

「啊！」

接著傳來一陣刺耳的緊急煞車聲。這個煞車聲除了單純的機器聲之外，還夾雜著動物受創般的聲音。

穿著黑西裝的男子倒在馬路中間。

周伍不想讓女兒看到這一幕慘狀。如此美麗的女兒不能看到太醜陋、太悲慘的事情。在父親的眼裡，這個健康的女兒宛如精緻脆弱的藝術品，稍微一點震盪就可能碎裂。

但朝子超乎他的意料，顯得十分鎮定。在散步的路人圍成人牆之前，她早就勇敢走到馬路上，把手放在倒臥男子的身上。周伍嚇得連忙追過去。

頓時，周伍心中掠過一絲不滿，因為他從未教過女兒要做這種事。

附近的警察立刻趕了過來。好奇的群眾快速圍成一道人牆。接著又來了幾位警察疏散人群，指揮那些已經不耐煩、猛按喇叭的汽車駕駛。

銀座此時剛好是酒店小姐的上班時間。雖然早已過了酒店開門時間，但她們都不以為意，因為愈晚到表示身價愈高。這些打扮得花枝招展的女人，毫不客氣地將手搭在陌生男子肩上，探頭進去瞧個究竟。

「哇，好美的女孩。男朋友被車子撞到了嗎？真可憐啊。」

事實上，想要扶起倒地男子的朝子，確實比起被撞的當事者更引人注意，成了群眾矚目的焦點。

朝子口齒清晰地對一位警察說：

「這名傷患必須立刻送醫。如果需要調查，請一位警察跟著來。我用我們家的車送他去醫院。」

「妳和這名傷患是什麼關係？」

「我和他沒有任何關係。我只是路過這裡。爸爸，車子可以借一下吧？」

周伍頓時猶豫不決。平日冷靜的自我主義，在這種緊急場面完全派不上用場。他向來最討厭多管閒事，不喜歡和任何事扯上關係，一旦扯上了也會盡量想辦法讓自己脫身。但女兒卻一個勁兒往漩渦裡鑽。

年輕的警察懾於朝子的美麗與威嚴，立刻請看熱鬧的人幫忙扶起這個已經昏迷的傷患。於是這張蒼白而尖銳的臉，首度被街燈照亮了。

這是個二十五、六歲的男子，但他的年齡很難從臉上看出，因為那不單是一張年輕的臉。這張臉上似乎還隱藏著異樣的苦惱，雙眼凹陷，鼻梁高挺，臉頰消瘦，乍看給人一種死屍的感覺。

周伍看到這張臉，萌生一種難以言喻的不祥預感。但女兒已經率先起步，父女倆的車剛好停在附近路邊，周伍逼不得已也只好隨後跟去。

看熱鬧的人們尾隨而來。為周伍開車的忠實司機莫名地慌張叫喊。

「老爺！小姐！」

讓傷患和警察一起坐在後座，周伍則和朝子坐在副駕駛座。群眾把臉貼車窗上，因為不能跟著上車而露出遺憾的表情。

車子發動了。

「請問要去哪裡？」司機戰戰兢兢地問。

「問我也沒用，問警察吧。」周伍沒好氣地說。

年輕警察為車內豪華的檸檬色坐墊所驚，以幾近哀求的語氣說：

「請到近藤醫院，在築地。」

父女倆低聲交談。

「爸爸，您在生氣啊？」

「生氣有什麼用。妳真是偉大的南丁格爾啊。」

由於醫師診斷後表示，傷患必須留院做詳細檢查，於是朝子說不久會再來探病，便和父親回家了。

而周伍擔心的，是檸檬色的坐墊是否留下血跡。

「不要緊吧，朝子，有沒有沾到血跡？」

「沒沾到啦，爸爸。」

雖然朝子強硬地說得斬釘截鐵，但心地善良的她，立刻為自己輕率的誤解感到羞恥。因為她明白父親這麼說絕對不是因為物欲或吝嗇，而是不想讓寶貝女兒坐在汙穢的坐墊上。

五月夜晚的燈光，不斷從車窗外流逝。一條街上的木屐店、鐘錶行、服飾店、點心店、水果店，大小、樣式都相同的拘謹霓虹看板連續不斷，整個街景充滿了生活感。陳列在水果店店頭的當季豐碩果實，在明亮燈光的照射下顯得光潤鮮美。

「朝子，我在教育妳的過程中，一直避免讓妳沾上世上的苦難。不僅是物質上的苦難，我還想把妳隔離在所有悲劇之外。在今天以前，這是我的信念，我一直認為幸福以外的事物絕不會降臨到妳身上。但是今天，我有了不祥的預感。我覺得妳有一種奇妙的衝動，會想投入別的不幸中。」

「是嗎？不過您好像想得太嚴重了。我當時什麼都沒想喔。當我看到車禍，身體就先一步衝出去了。那個人（對哦，我們連他叫什麼名字都不知道）被車撞到時，不知為何，我覺得好像自己被撞到一樣，才立刻跑去幫忙。」

「他看起來不太健康，不知道是從事什麼行業。可能是藝術家吧？」

「他看起來過得不幸福，也許是被撞的緣故吧。」

「但在車禍裡，也有百分之幾是自殺喔。」

「如果是自殺，那就是自殺未遂嘍。因為醫生也說他沒有生命危險。」

「倒是妳，孩子。」父親說。當他喊女兒「孩子」時，表示情況是有點嚴肅。

「孩子，妳打算去給那個男人探病嗎？」

「會啊，我會去。」朝子答得天真爛漫。

「這可不行。」

「咦？為什麼？」

「不可以介入到這種地步。過度介入他人的不幸是很失禮的事喔。」

「可是，不知道為什麼，我很想去看他耶。」

父親沉默不語。車子轉入陰暗住宅區的巷道裡，慢慢地接近田園調布的家。一隻大白狗蹲在籬笆旁，目送車子經過。

「好大的狗。」朝子自言自語地說。

前方無人看守的平交道旁，紅色號誌燈一閃一閃地亮著，警示鈴聲也響著。

「這件事最好別跟媽媽說。」

「我想也是。我不會說的。」

周伍擔心依子鉅細靡遺問了這件事後，為了和周伍唱反調，反而會讚賞朝子這種行為，慫恿朝子去醫院探病。

隔天吃早餐時，周伍坐在餐桌旁看報紙，為了提防依子發現，故意裝得神色自若，把折疊好的報紙從桌下遞給朝子。朝子悄悄地往下看，大吃一驚。

天才青年畫家慘遭橫禍

班鳩一氏　車禍受傷

——這個標題很大，還附了照片。斑鳩一是連朝子都聽過的知名年輕畫家。但周伍對女人欣賞美術懷有偏見，所以朝子沒有看畫的習慣，當然也不曾看過他的作品。

報紙提到，二十五歲的斑鳩一在幾年前獲得新人獎嶄露頭角，接著連續幾年都獲得權威性大獎，現在已是白鳥會最被看好的知名畫家。但他性情孤傲狂狷，作風極其脫俗，絕不向世俗妥協。這次車禍可能使他喪失一條腿，但手沒受傷，算是不幸中的大幸，今後依然可以創作。

朝子特別注意到報導的最後部分，上面寫著：

「……車禍突發之際，一位路過的紳士與其美麗的女兒，開著自家轎車送斑鳩氏前往醫院，但沒告知姓名便離去了。」

……朝子看完後，一股奇妙的興奮與羞赧使得她滿臉通紅，偷偷地瞄了父親，又瞄了母

親。

依子依然一臉沉鬱地坐在餐桌旁。她一早就顯得十分慵懶，嚼蠟似的吃著荷包蛋，帶著可怕深厚的執念，躲在自己的悲劇中。其實這位陰鬱的夫人也曾有過一夜好夢的清晨，但無論多麼晴朗的晨空，她都頑固地只看成灰色。此時，她那暗沉的眼睛轉了一下。

「朝子，報紙有那麼好看嗎？」她說。

「啊，沒有啊。」

「吃飯的時候看報，不是女人該做的事喔。這是沒禮貌的男人才會做的，看來這也是妳爸爸調教有方吧。」

她以蛇蠍般的冷峻目光，投向丈夫。

從這天起，朝子心裡一直掛著斑鳩一。這當然不是愛情，甚至連友情都談不上。對一個昏迷的人，不可能產生友情。

當時朝子之所以衝到馬路上，動機是完全單純的。可能是她善良的心，與平日運動所帶來的行動勇氣，在瞬間完美地結合了。話雖如此，她記憶中卻強烈留下斑鳩那張死人般的蒼白臉孔。那絕不是一張俊美的臉，也不是會讓女人萌生愛意之類的臉孔。儘管如此，那張應該會令人害怕的臉，卻強烈地烙印在朝子心裡，而且絕非討厭的印象。

過去，朝子並未特別留意所謂的天才。雖然知道世上確實存在著天才，但也認為是和自己無關的人。在她的想法裡，她認為天才是會突然割下自己的耳朵、舉起手槍射殺別人、把腳放進冰桶裡寫詩、為了得到靈感吃下一整盒方糖、若無其事搶走別人的老婆，或是會扒竊之類的人。比起一般少女對天才感傷性的英雄崇拜，這才是更正確且健康的定義。

「如果我不是真的同情他，不是真的為了天才的這種不可思議的受難命運而感到悲傷，去探病的動機就不單純了。」朝子暗自思量。

朝子並不會擔心他到晚上睡不著。她照常上學、打排球，心情也變得很快活，也和朋友去看電影。甚至在朋友專心看電影時，把一張寫著「下週上映《電影狂時代》敬請期待」的紙條，惡作劇地貼在朋友的衣領上。自從那天以後，朝子反而變得比以前更開朗。

她也試著如此思忖：「這種開朗快活，只是行善之後會有的喜悅吧。」

但不久之後，朝子又變得心神不寧。

她很擔心斑鳩一是否已經出院？如果出院了，那就永遠喪失機會了。

從未忤逆過父親，也不曾對父親撒謊的朝子，如今卻有了奇妙的想法。

「我這麼想去探病，沒有任何理由。只是因為爸爸不准我去探病。」

這是個下雨天。

放學回家路上，朝子在附近花店買了一束屬於五月的花；有劍蘭、菖蒲、矢車菊與玫瑰。

包花的玻璃紙被雨滴淋溼了，使得貼在玻璃紙上的花瓣更顯鮮麗。

朝子下了省線[3]改搭都電前往築地。從車窗可以看到東京劇場前面溝渠裡的水，被雨滴打得水花四濺。

近藤醫院是在戰火中倖存下來的古老四層樓建築，圍了一面髒髒的水泥牆。朝子走進大門，在玄關收傘時，驀地感到一陣困惑。

「我會不會有點太傻了？突然跑來探病，斑鳩一先生不可能認得我吧。」

但是，多虧周伍調教有方，朝子此時並沒有像個鄉下姑娘不知所措。她看到櫃檯小姐那張冷淡的臉，正是上次送斑鳩一來時見到的同一張臉，頓時放心不少。

朝子露出美麗的笑容向櫃檯小姐打招呼。

「我是上次送斑鳩一先生來的人。」

---

3 日本鐵路國有化之前的舊稱。

「啊，妳就是那位小姐啊。」

朝子今天穿的是學校的藍色毛線外套，和上次成熟的打扮不同，但櫃檯小姐依然立刻認出她來。

「我可以上去看他嗎？」

「可以啊。斑鳩先生的病房在二樓的二一五室。」

「好的，謝謝妳。另外還有一件事，請問我可以先和上次那位醫師見個面嗎？」

「大醫師嗎？對，開刀的是大醫師，不過那時最先診療的是瀨川醫師喔。」

「那我可以見一下瀨川醫師嗎？」

「不知道，我得問問看。」

小姐冷淡地說完便拿起話筒。雖然板著一張臉，笑也不笑，但做起事來倒是頗為親切。

——朝子在會客室等了一會兒，不久一位穿著白色手術服，腳步快得幾近滑稽的年輕瀨川博士出現了。

「嗨，歡迎。」

他的神情快活，帶著消毒水的味道。

朝子默默地微笑致意。單調的會客室，霎時因為朝子的微笑變得生氣盎然。

在這忙碌恐怖的外科醫生上班時間裡，博士似乎急著吸入朝子散發出來的美好空氣。

「妳是來探病嗎？」

「是啊，不過可以嗎？斑鳩先生可能對我完全沒印象，我突然跑來探病，他或許不會理我吧。」

「哈哈哈哈！」年輕博士莫名地放聲大笑。「別擔心啦，我每次去巡房的時候，都會跟斑鳩先生說妳的事，說過好幾次了。我跟他說，是一位非常漂亮的小姐救了他。從那之後，斑鳩先生就一直希望能見到沒留下姓名的救命恩人，還說沒見到妳，他很遺憾。我一直給他打氣，說那位小姐總有一天會來探病。所以他看到妳一定會很高興！雖然我學藝不精，對繪畫一竅不通，不過聽說斑鳩先生是了不起的天才畫家喔！」

「嗯，我也是看了報紙才知道的。」

「妳也是看了報紙才知道的？哇，這真是太好了。哈哈哈！」

瀨川博士再度意義不明地大笑。

「那麼，我帶妳去病房吧。」

他率先爬上樓梯時又說：

「我跟妳說，我還曾經調侃斑鳩先生，說他做這種時尚的行業真好啊，即使被車撞了也會立刻有美女來救他，這些妳也都不知道吧。所以結果是那個吧，妳完全是基於人道主義才救他的。」

到了二一五室前，博士低聲地說：

「請妳先在這裡等一下。」

自己先走了進去，但立刻就出來了，把朝子推了進去。

「那我先失陪了。」

語畢，如斗篷般的白衣翩翩揚起，博士朝著走廊方向離開了。

朝子輕輕地把手放在纏著紗布的門把上。因為下雨天，昏暗的室內已經開了燈。她像躲在大把花束後面似的，悄悄地進入病房，心中有股奇妙的悸動。

斑鳩一穿著寬鬆的睡衣，靠著豎起的枕頭撐起上半身。雖然長了些許鬍碴，但比之前猶如死人般的臉孔來得有生氣多了。不過再怎麼偏心地看，那臉色也稱不上紅潤。他的眼睛深邃、暗鬱、清澈，絲毫不帶笑容地凝視走進來的朝子，使得朝子有些毛骨悚然。

「請坐。」

斑鳩一請她坐在椅子上。

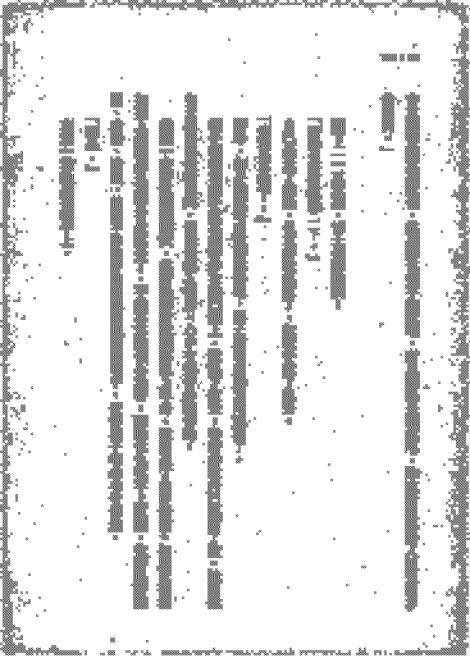

朝子環顧四周，不知該把花擺在哪裡。

「就放這裡吧。」

斑鳩一以低沉的嗓音說，接過花束，信手放在堆著書本的床頭櫃上。但連一句謝謝也沒說。

而且接下來的談話過程中，斑鳩一一直都沒說謝謝。照理說，這是一開始就該說的話，若沒感謝朝子之前的善行，那前來探病的朝子就明顯失去了立場。

窗外煙雨濛濛。從雨勢聽來，知道海就在附近，時而也會傳來出乎意料的汽笛聲。汽笛聲瞬間將煙雨迷濛的碼頭光景，描繪在眼前。

在一段漫長的沉默中，斑鳩一低頭審視自己那雙久未拿畫筆的手，彷彿在比較雙手的手指。他的指甲留得很長，但非常乾燥，也很乾淨，不帶一絲汙垢。看起來很像老人的指甲。

忽然，斑鳩一開口說：

「我不知道妳的姓名地址，可以給我名片嗎？」

原本在發呆的朝子聽了一驚，反射性地從口袋的月票夾裡掏出名片。就在遞出的瞬間，她突然想到：完了！但為時已晚。

斑鳩一若無其事地收下名片，將它插在綁著花束玻璃紙的緞帶上。

父親從未教導朝子，應付這種男人的該有預備知識。美麗與優雅已深植在她心裡，但壞心眼與不像淑女的批判或觀察是嚴格被禁止的。這次氣氛不佳的初次會面，儘管朝子覺得他是個「自命天才、裝模作樣的人」，但也知道不能光靠這樣就評斷一個人。更何況，朝子不會因為對方不說「謝謝」就心生厭惡，她沒有這種低劣的心思。

朝子想把話題轉到社交性的對話。

「什麼時候可以出院呢？」

「還要一、兩個星期，搞不好要到三個星期，不，應該不用三個星期吧。」

說到自己的身體，斑鳩一彷彿變了一個人，變得有熱情，眼神也變得興致盎然。

朝子見狀不禁暗忖：「這個人和爸爸有點像。」儘管這位年輕畫家的外表一點都不像父親。

「還會痛嗎？」

「不會，現在沒那麼痛了。」

「前幾天，」朝子露出淡淡的微笑。但她十分小心，絕不讓這個微笑變成諂媚對方的笑容。「我看了報紙嚇一跳呢。我完全不知道您是位畫家。」

「這樣很好啊。我很討厭跟女人談繪畫的事。」

「這樣啊，家父也說同樣的話喲。他說女人不可能懂畫。」

「有意思。這話怎麼說？」斑鳩一的口氣有點翻譯腔。

「他說女人是一種藝術品，女人鑑賞繪畫，就像藝術品鑑賞藝術品，不可能有適切的評價。」

「是嗎？這個看法倒是很另類。令尊認為女人就是美的本身吧，也就是單純的女性崇拜主義者吧。」

「對啊，家父是女性崇拜主義者喲。」朝子有點不悅地說。

「哦，這樣很好啊。不過我從來不畫有關女人的東西。我們認為女人很美，裡面是帶有慾望的。真正摒除慾望之後，我很懷疑人們是否還能覺得女人很美。大自然或靜物的美很容易感受，而且這種美大多不是假的。但至於女人嘛……」

「哎呀，你看女人，從來不覺得女人很美嗎？」

「不覺得。」畫家面無表情地斷言。「我看到所謂的美女，從來不覺得美。我只感受到慾望而已。從美的觀點來看，或許不漂亮的女人，才是純粹的美吧。因為看醜女的時候，能夠以無慾的眼光去看。」

四

因為這樣，這次的探病不算成功。斑鳩一的個性有如翻騰的雲層，偶爾才會露出晴空，這使得朝子只在病房待了二、三十分鐘，卻顯得比病人更疲憊。

當朝子表示要離去時，斑鳩一卻突然露出寂寞的神情，使得朝子驚訝地思忖：

「唉，這個人簡直像個讓母親頭痛的驕縱任性小孩，當母親撒手要離開時，他突然變成被留下的小孩似的，急得快哭出來了。」

如此不得人緣的青年，竟能引發一個未成年女孩的母性本能，真是一件神祕的事。

病房裡變暗了。

雨仍下個不停。窗外汙濁灰色的煙雨中，暮色逐漸轉濃。

「妳無論如何都要回去？」

「是啊。」

「既然這樣，妳走吧。」

他靠在枕頭上，將那張長著鬍碴的消瘦臉龐轉向牆壁，還抿著嘴，狠狠地瞪朝子一眼。

就朝子而言，她實在沒理由受到初次見面的男子以這種鬧彆扭嘔氣的方式對待。但這一幕讓心有餘裕的朝子，感到些許幽默。她如此思忖：

「我要像個妖精般隱身消失。等他回頭時，房裡已經沒人了。嗯，就這麼做。」

於是她悄悄地一步步後退，嘴角帶著些許微笑，一邊在美麗的貝齒皓牙間吐出舌尖，一邊無聲地轉動纏著紗布的門把，離開了病房。

事情的發生總是接踵而來。翌日，朝子又邂逅了另一位年輕人。

在外國的傳統舞會上，未婚女子一定由母親陪同參加，以恐怖的眼光監視著。但周伍不僅為女兒請了最好的老師教社交舞，還自己為女兒挑選舞會，不管多忙一定騰出時間，父代母職陪女兒參加。

周伍在國外時，和一位皇族很熟。這位皇族正是以豪放磊落聞名的醍醐宮。殿下雖已降為臣籍，原本在三田高台的宏偉宮殿也改建為皇宮大飯店，但每月一次，以殿下為主，會在飯店舉辦一次宴會，名稱也叫醍醐會。周伍是正式會員，有時也有新客人加入。由於殿下交遊廣闊，成為他新的交遊範圍的人，照例會被邀請來參加醍醐會。

朝子去探望斑鳩一的隔天，正是醍醐會的日子。她放學回家後，覺得晚禮服太誇張，於是改穿另一套小禮服，等候父親回家。

母親一臉悲悽地走進朝子的房間。

「真好啊，要去參加宴會啊。」

朝子深知自己不是尋常家庭的女兒，不敢輕率地說：「媽媽也一起去嘛。」因為此話一出，一定會引來母親一陣牢騷。

「這件小禮服很適合妳。媽媽也有過這種時代喔。」

「我知道，我看過媽媽的照片。」

依子眼神陰鬱，從二樓的窗戶望出去，望著夕陽中搖曳的庭樹與美麗晚霞。她的眼睛下眼窩已經長出皺紋，多虧這一天天變老的容顏，臉頰的灼傷疤痕已不再顯得那麼醜。

「我想起那個時候了，夢塞爾城堡的舞會……」

「一定很動人吧。」

「大家都只看媽媽一個人呢。」

依子看起來像個風華已逝的老娼婦。

看著母親談起昔日的風光回憶，朝子與其說憐憫，更感到一種恐懼。這張已放過幾千次的磨損唱片，傳出的不是昔日的華麗音樂，而是漫長的陰鬱霪雨之音。

「媽媽會變成這樣都是妳爸爸害的。」

這種抱怨一旦開始，朝子就會機靈地閉嘴，既不附和也不唱反調。她知道保持沉默是最佳態度。

「臉上的灼傷疤痕是空襲造成的沒錯，可是臉上有疤以後，媽媽剩餘的人生變得如此空虛，都是妳爸爸害的。小朝妳也要小心喔，既然遭到了爸爸的毒手，妳這輩子都不能在臉上留下任何**疤痕**。不過至少爸爸死了以後，妳還會一直活下去，總有一天妳會忘記爸爸，能夠擺脫爸爸帶給妳的壞影響，這一點比媽媽幸福多了。媽媽在有生之年，一定會用各種方式報復他。小朝，我說真的喔。媽媽是絕對不說謊的。」

依子從朝子枕邊的玫瑰花，掐下一片花瓣。

然後坐在椅子上，點燃香菸，一直默默地抽著。

朝子無奈地走到鋼琴前坐下，輕輕地觸碰琴鍵，彈奏起來。

「是蕭邦的練習曲啊。太好了，繼續彈下去。」

朝子彈完後，察覺到母親漫長的沉默，於是回頭看她。這一看把她嚇壞了。

母親眼神空洞，將剛才摘下的紅玫瑰花瓣，拿在深藍色的筆盤上方，用火柴細細地燒著它。

門口突然傳來汽車的喇叭聲。父親回來的正是時候。

「爸爸回來了。」

朝子立刻起身逃出房間，飛也似的衝下鋪著地毯的樓梯。

因為這件事，今天晚上朝子和父親一起坐在車內前往醍醐會時，心情並不愉快。父親完全沒有察覺到女兒的心情不對勁，他打了一條高雅的領帶，別上一支誕生石領帶夾，穿著黑上衣、條紋長褲，一副十九世紀瀟灑時髦男士的打扮，靠在檸檬色的背墊上，對於和精心打扮的女兒一起出席宴會，感到十分滿意。

周伍對女兒的教育或服飾的搭配選擇，有著連女人都比不上的細膩心思。儘管那個歇斯底里的老婆會滿腹牢騷，但周伍還是把她留在家裡，而且對此不感任何愧疚，反倒是已經習慣了。他只對必要的事敏感，對不必要的事簡直像沒神經，這一點也可說是企業家精神。說得奉承一點，也可說是一種「豪邁的天性」。

朝子一邊振作自己隨時會低沉的心情，一邊偷窺父親，心裡思忖著：

「爸爸真是融合殘酷與溫柔的人啊。有著女人學不來的男人強韌性格。明明有個那麼可憐的母親，為什麼我的心還是站在爸爸這邊，究竟是為什麼呢？難道我也遺傳了爸爸的殘酷天性？

「啊，不行，不行。再想這種事的話，我會變得更消沉。以後我成為宴會女主人的時候，也許會常常有這種心情，這時該如何掩飾過去，今晚是個很好的試煉機會。」

正當朝子在思索這種事時，腦海忽然閃過昨天去探望的斑鳩一的臉。那張消瘦到彷彿能看到他赤裸靈魂的臉……那張絕不掩飾的臉……

——車子爬上三田郊區倖免於戰火的昏暗宅邸區坡道。進入大門後，駛向鋪著砂礫、彎彎曲曲看不到盡頭的砂礫車道，不時發出輾過砂礫的肅穆聲。車道兩旁的路燈，猶如衛兵排列整齊地迎接來賓。

「這棟豪宅真是驚人啊。殿下抱怨過，他還沒親自走過這條從大門到玄關的路，這棟宅邸就變成別人的了。」周伍如此說明。

飯店玄關有著明治時代古色古香的洋樓風格，整個大廳都鋪上紅色地毯，遠遠地就引人矚目。

穿過大廳，走過鏡廊後，忽然聽到幽暗的舞池傳來逐漸高亢的演奏樂聲。

周伍讓女兒走在前面，兩人越過了舞池。現在還沒人在跳舞。

對面，黑暗的草坪上灑落一地燈光。大理石圓柱林立的寬廣露台上，人們嘻笑交談的情影成了一幅畫。

身材魁梧的殿下穿著剪裁合宜的燕尾服說：

「歡迎，歡迎。」

一邊說著，將手伸向朝子。朝子從容地登上兩、三級大理石階梯，前來和殿下握手。

「邦兒（小殿下的暱稱）從剛才就等著要和妳跳舞喔。」

這位站在殿下後面，二十歲的小殿下一手端著威士忌蘇打酒杯，臉上堆滿稚氣未脫的微笑，同樣地和朝子握手說：

「妳好。」

王妃身體孱弱，今天有點感冒未能出席。因此陪在殿下旁邊的是和王妃很熟的、同是前皇族的年輕妃子。

無論這場宴會的氣氛看起來多麼輕鬆，終究帶著幾分沒落貴族的風情，和周伍冷峻的氣質很搭。

「來，這是妳喜歡的潘趣酒。」

小殿下為朝子端來一杯潘趣酒。顏色和朝子的小禮服不搭，但周伍再怎麼樣也不敢發牢騷。

會員們的面孔都是周伍父女熟悉的，有舊皇族、舊貴族、企業家、外交官，以及幾位美國的高官與企業家。在這種威儀堂堂的夫妻檔組合中，年輕人很少，因此朝子也只能和小殿下在一起。小殿下是個稚氣未脫的青年，不喜歡讓人覺得自己很高尚或不經世事，所以和朝子獨處時，總是故意說一些通俗用語，例如「我才不會哩」或「咦？搞什麼呀。」並且很愛誇耀自己多麼有女人緣。

此時，露台的階梯出現一位穿黑西裝的男子。

這名男子一手玩弄著西裝的金色袖釦，一邊環顧四周。當他看到小殿下，立刻走了過來，以十足的騎士風度說：

「殿下。」

「哦，永橋先生。」小殿下的口氣突然變得老氣橫秋，和他握手。「歡迎你來，我來介紹一下吧。這位是木宮朝子小姐。這位是永橋俊二先生，他是我在學習院的學長，剛從美國留學四年回來。永橋先生，今天沒有攜伴來啊？」

「因為剛好跟另一個聚會撞期了。我是從那歡迎會溜出來的，想說來跟你打個招呼。」

然後年輕人穿過椅子中間，走到老殿下那裡，周遭的貴婦人紛紛抬眼注視他。這位身材挺拔的年輕人側臉，實在太俊美了。

正在和周伍聊天的殿下，很誇張地抓起年輕人的手，介紹給周伍認識。殿下的語氣緩慢，而且極其詳細，因此兩個被介紹的人，過程中不免面面相覷，顯得有點尷尬。

「啊，木宮先生，這位年輕人是邦昭在學習院唸書的學長，同樣是馬術社的，對邦昭非常照顧喔。他父親是永橋銀行的總裁，你應該聽過吧，就是永橋圭一郎先生。這是他的公子，名叫俊二。他去美國的哈佛大學留學，一個禮拜前才剛回國。說來還真巧，前天我去餐廳吃飯，看到在對桌用餐的年輕人被兩、三個男人糾纏著。正當他一臉為難地環顧四周時，我們兩人的視線剛好對上了，這才發現彼此是舊識。於是俊二走到我這一桌，跟我說他剛回國，又說那些人是電影公司的人，糾纏不休地拜託他，怎麼叫都叫不走，希望我能出面幫他解圍。於是我把那幾個人叫過來，一問之下原來是南寶電影公司的人，他們說：『今天才剛發現這個年輕人，現在長得這麼俊美的年輕人真的很少，為了拜託他來當電影演員，才一路跟他到這裡。』我告訴他們：『我跟這年輕人的父親也很熟，他是個前所未有的死腦筋的人，打算讓他兒子繼承他的銀行事業。要是他知道自己花錢送兒子出國留學四年，結果兒子回國後立刻被搶去拍電影，後果可不堪設想。這對一個當兒子的人是大不孝啊。』我曉以大義，他們才終於打消挖掘他的念頭。然後我就順便強迫他一定要來參加今天的宴會。他就是如此俊美的男人啊。」

這與其說是介紹，反倒像一種演說。甚少認為男人「美」的周伍，也被這青年的美貌與端正的舉止打動了。宛如靈感般，他突然想到：

「這才是足以匹配朝子的青年。若朝子和這個青年站在一起，將是一對俊男美女的璧人吧。」

殿下叫來服務生，問俊二要喝什麼？俊二點了馬丁尼。酒來之後，周伍說：

「我來介紹一下小女。」

語畢環顧四周，卻找不到朝子的身影。此時一對男女剛好舞過昏暗舞池通向露台的出口。周伍看到閃著象牙色光芒的小禮服，知道是朝子和小殿下。

但這兩人旋即又消失在昏暗的舞池裡。

這時俊二也被女士們團團圍住，此起彼落地向他打招呼。

「你好啊。恭喜你學成歸國。」

「真的好久不見了。」

「你長得這麼大了啊。」

草坪邊緣的黑色樹影上方，是一片無垠的五月美麗星空，沒有都市喧囂也沒有光害。草坪的一隅佇立著沒有放燈的巨大石燈籠，白色陶器表面的細緻青色花紋，承接露台的燈光反射出冷豔光芒。

苦無機會的周伍終於等到女兒回來，介紹給俊二認識。兩人對看一眼，笑了。

「這是第二次介紹了吧。」

「我有兩個眼睛，一個嘴巴，你已經記住了啊？」

「我記這種事最拿手了。」

周伍感到自己是多餘的，於是微微一笑，轉回紳士圈裡。一位美國人稱讚俊二的英文發音，說是正統的波士頓英文。後來話題轉到高爾夫球，偏偏周伍對高爾夫球向來沒興趣，即使索然無味也只能耐著性子聽。

而俊二面對初識的朝子之美，並沒說華麗的客套話讚美她，兩人對彼此的美都心領神會。其實兩人在交談時，很自然地衍生出一種奇妙氣氛，周圍彷彿形成了一層透明簾幕，兩人宛如玻璃箱裡的一對娃娃，旁人只能透過玻璃眺望他們。面對這對天造地設的璧人，任何人都無法再加上美的形容，猶如極致完美的化身，只能靜靜地欣賞。

稍微交談片刻後，朝子心想：

「這個人看起來不笨嘛。」

然而令人驚奇的是，俊二淵博的教養，簡直和朝子所受的較養形成互補。朝子不懂的部分，俊二非常清楚；俊二不知道的部分，朝子則非常熟悉。譬如，俊二經常去參觀紐約大都會博物館和近代美術館，對於西洋美術頗具鑑賞力，談起美術的事也生動有趣。但朝子在周伍「女人不該欣賞藝術」的主張下，對於美術的知識僅止於學校所教。

正當兩人對各種話題談得起勁，一位上了年紀、神情莊嚴的服務生領班，行雲流水般來到客廳，宛如傳遞什麼陰謀訊息似的，在殿下耳畔囁嚅：

「晚餐準備好了。」

殿下倒是一副磊落，以他昔日多年帶領騎兵隊的英勇模樣，頗具軍隊儀式地大聲宣布：

「各位，可以用餐了！」

「我必須趕回自己的歡迎會了。」俊二說著抬起手，看了看厚實巨大的圓形金錶，然後意味深長地問朝子：「這個星期六，學校中午就放學了吧？」

「是啊，只上半天課。有事嗎？」

「那妳從學校的後門出來呢？還是正門……」

「最近學校把後門封死了，只允許從正門出入。這樣離車站比較遠，不太方便呢。」

「那我去正門接妳。這個星期六的中午。到時候再聊。我先失陪了，再見。」俊二說。

「再見。」

朝子也回了一句再見後，忽然手被握住了，有點嚇到。這與其說是握手，更像是她的手被男人的手溫柔地包覆。

接著轉眼間，俊二又已走到殿下面前，對他的中途離席表示道歉並告辭。

距離星期六，還有三天。

隔天晚上，朝子在家。當她走過電話前面時，電話剛好響起。她接起話筒。

「萬歲！明天可以出院了！我要舉行慶祝會。」

「請問您是哪位？」

「我？我是斑鳩呀，斑鳩。知道了吧？我終於要出院了！」

「哦，真是恭喜你了。」

「我打算開一個出院慶祝會。」

「我知道，你突然打電話來就說了。幸好電話是我接的，換作其他人，一定會嚇得立刻掛電話。更何況，你知道我是誰嗎？」

「我認得妳的聲音。我用妳給我的名片打電話給妳，當然是妳來接電話吧。」

「是嗎？我可不是一個人住喔。」

「這種事不重要啦。那麼，星期六下午一點鐘，我等妳來。請妳一定要來，拜託。再見。」

「啊，等一下。我不知道地點在哪裡啊？」

「在澀谷的『地獄』酒吧。他們特地把下午時段留給我。酒吧在澀谷南寶劇場後面，到了那邊馬上就會看到。」

「可是，那種地方，我……」

「不要緊，我邀的客人都是好人，不用擔心。」

「可是，星期六這個時間……」

「哦，這樣啊，妳很忙啊？不行嗎？那就算了。」

電話那頭傳來猛烈碰撞聲，電話掛斷了。

朝子要走出電話室時，電話鈴聲又追趕似的響起。

「妳說什麼？為什麼星期六下午一點不行？妳跟誰約了嗎？是誰？」

聲音十分響亮，但異常地清澈，並不討人厭。

五

星期六是個大晴天。

朝子和四、五個同學走在校舍通往正門、喜馬拉雅杉夾道的寬闊碎石路上，她甩著手上紅色與黑色書帶捆的兩、三本教科書，書影猶如飛鳥般落在碎石路上，書帶的金屬環釦也閃閃發亮。朝子上學時不化妝，素淨的臉蛋宛如淺粉色的花瓣鮮嫩細緻。

這所學校的女學生，很多家裡都有車，因此正門口的碎石路上已經停了四、五輛熠熠發亮的豪華轎車。雖說是少女，但也都是新制大學的一年級生，當她們魚貫地走出雄偉的紅磚正門時，一輛轎車忽然響起驚人的喇叭聲。

大家都嚇了一跳，但依然繼續往前走。隨即，車子又發出威嚇般的喇叭聲。

朝子回頭一看，永橋俊二坐在銀灰色凱迪拉克敞篷車裡，笑著向她招手。

朝子受過父親的調教，即使男人叫她，她也不會隨便走過去。不過斑鳩一的時候例外，那時情況危急，而且斑鳩一是個奇人，不在父親教導的男人範疇之列。但俊二卻完全符合父親教導如何對應的男性典範，所以朝子很自然遵從父親的教導。

朝子佇立在原地。俊二下車，悠悠地朝她走來。少女們看著這位美式作風的美男子，個個都看呆了；但美男子的眼裡只有朝子，少女們一氣之下便丟下朝子走了。

「妳不上車嗎？」

「你要送我回家啊？」

「嗯……這個上車再說吧。」

作者對這種電影般的場面描述沒什麼興趣。年輕的美男子，開著凱迪拉克，留美歸國，穿著流行的喀什米爾白色羊毛上衣，任何角度都無懈可擊的青年。這樣的一位青年，載著之前不斷提到的無懈可擊的優雅美女一起兜風，每次停紅燈時，理所當然會引來路面電車候車站的女人目光。但描寫太多這種場面也不免無趣，請讀者閉上眼睛自行想像吧。

初夏的正午，天空一碧如洗。凱迪拉克載著一對俊男美女行駛東京街頭，只是使得東京街頭顯得很貧弱。但奇妙的是，「美」這種東西不僅看在第三者眼裡很愉快，對美的當事者本身也很愉快。儘管彼此都知道自己很美，但不藉由鏡子還是無法看見自己的美，這是一種宿命。認為「自己美麗」這種認識，是一種不斷逃離自己而去、模糊且不透明的認識。終究在這世上，別人的美才是一切。

但俊二絕非娘娘腔的男人。他是完美主義者，在哈佛的成績也向來名列第一，但從另一個角度來看卻是世上最乏味的男人。世間的通俗看法認為，人有一些缺點而反能成為他的個人魅力，而俊二的魅力就在於他毫無缺點。他無須刻意彰顯「自己是萬能的人」這種意識，因為他本身就已經是了。那張西班牙風的俊美側臉，猶如外國硬幣上的浮雕，任何女人看了都會為之傾倒。

俊二當然不會大白天就把乖乖地把朝子送回家，而是帶她前往週末午後的街上。街上人群雜沓，喧囂擁擠。都會的週末猶如牙膏管的管口，被過去六天的煩鬱之力推擠，牙膏朝著猶如汙穢牙齒般的街道擠了出來。儘管這個比喻不怎麼詩情畫意。

凱迪拉克駛過一條條街道。這輛囂張的敞篷車，在那些五一年型破舊的國產計程車不顧性命似的橫衝直撞中，發出猶如貴婦人甩動裙襬的聲音，輕盈地超越而去。

他們在前往澀谷的電車與前往青山墓地的電車交會處下車。這一帶有很多針對各國大使館開設的、外國人經營的餐廳。其中一間名叫「R」的德國餐廳，從五月就把桌椅擺在樹籬圍繞的小庭院裡，客人可以在葡萄棚架下沐浴著樹葉間灑落的陽光，喝著生啤酒，享受美食。朝子坐在粗獷簡樸的木椅上抬頭一看，葡萄還綠綠小小的。而樹籬外就有都電經過，不時傳來像拉開裝滿東西的老舊抽屜所發出的聲響，但乘客被樹籬擋住看不到。

兩人天南地北地聊著。俊二知識淵博無所不知，個性開朗，讓人感覺很舒服。這種各方面都能給人好印象的態度，絕非一朝一夕就能培養出來。朝子不禁暗忖：

「這個人和我是非常相配的一對，不僅聰明，運動也樣樣精通，如果選他當夫婿，爸爸一定第一個贊成吧。不過我看到這個人，彷彿看到自己的影子。能一眼就看出這人的無趣之處，大概只有我吧。我實在無法和這個人談戀愛。」

儘管朝子這麼想，但她並不討厭和俊二一起吃飯聊天。光是這樣就已經夠開心了，而且朝子也不討厭美男子。但朝子總覺得他缺乏某種魔力般的東西，某種能讓朝子迷失的東西。至少對朝子而言，他缺少這種特質。

「妳是個很開朗的人，真好啊。」

俊二忽然這麼說。朝子心想，這個人連看穿我家庭煩惱的能力都沒有。但因父親的教養使她不敢露出任何批判之色，於是她笑說：

「一定是因為我很笨的關係啦。」

「妳夏天要去哪裡嗎？」俊二轉移話題。

「去輕井澤喲。」

「我也要去輕井澤。妳去哪一帶？」

「萬平飯店的後面。」

「是M先生家的旁邊嗎？」

「哎呀，就是M先生的隔壁耶。」

「哦，就是拱門爬滿常春藤那家吧。我家離那裡只不過五、六戶遠。一進門就有個很大的圓形池塘，妳知道那一家嗎？」

「嗯，是不是池塘的旁邊開成車道、池裡開滿了睡蓮那家？」

「對，就是那家。想想我離開日本也四年了，那時我還是個孩子呢。」

這種出乎意料的親近感，使得俊二稍微饒舌起來。

「妳打網球嗎？」

「我很愛打網球。我很厲害喔。」

朝子稍微瞪了他一眼，笑著說。

「太好了，今天夏天我們可以打個過癮。我秋天開始就得去我老爸的銀行上班，變成上班族之後，明年起暑假就化為烏有了。所以今年夏天一定要好好享受。」

說到夏天，兩人不由得抬頭望向天空。雲朵在葡萄架外圍綻放著美麗光芒，告知夏天的腳步接近了。

永橋俊二對女人很有一套。朝子原本打算吃完午飯就回家，但他又說要看電影啦逛街啦，把朝子留到天色轉暗，最後還帶她去可以跳舞的餐廳吃晚飯。就在這之間，朝子也答應了下週六的約會。

這間餐廳的晚餐時間到八點，八點以後便匆忙改成夜總會。場內清一色以深藍統一，樂團在波斯風帳篷的舞台上演奏音樂。跳了兩、三支舞後，已經七點四十分了，朝子說她無論如何都要回去，俊二只好遺憾地按下桌上的檯燈，呼叫服務生過來結帳。只見檯燈的燈罩亮起紅色星星般的燈光，服務生便立刻前來結帳。

走出餐廳後，必須走過一條街才能到俊二的停車處。

「真可惜啊。」俊二仰望市街的星空說：「明天一定是好天氣，我可以約妳出來兜風嗎？」

「可明天是禮拜天，不行耶。要是我沒整天陪在父親身邊，他會很不高興。」

這是巷弄裡熱鬧喧囂的時刻，但大馬路上近來如雨後春筍設立的銀行和百貨公司早早就打烊了。因此才八點，人們就得來往於陰暗中。幾間較晚打烊的咖啡店，招牌的燈影投射在地面上，從遠處就能看到。但初夏的週末夜晚實在很涼爽，朝子也不禁覺得這麼早回家太可惜了。尤其俊二還如此調侃她：

「妳簡直像銀行一樣啊，天一黑就拉下鐵門。」

兩人轉進停車的巷口後，俊二在車前停下腳步。

銀行的牆角邊亮著一盞油紙做的油燈，一位手相相士坐在那裡；是個長相平庸的中年男子，穿著皺巴巴的白襯衫與灰色西裝，沒打領帶，一臉鬍碴，不過看起來是個好人。坐在這種毫無神祕感的地方，看起來很慵懶的手相相士，勾起了俊二的好奇心。

更何況俊二略帶醉意，剛才用餐之際喝了不少葡萄酒。

「要不要看看手相？」

俊二問朝子，朝子拒絕了。於是俊二伸出自己的手給算命師看，朝子站在一旁探頭看。

「你的運勢很好喔。不但女人運很好，事業運更是無往不利。這真是萬中出一的幸運手相。關於腦袋方面嘛，您的思慮非常縝密。」

算命先生用髒兮兮的手指一邊壓著俊二的手掌，一邊用手電筒照著看，接著又說：

「任何方面都會很成功喔。」

「怎麼淨說好話啊。說點讓人稍微震驚的事吧。你這麼說實在太抽象了。」

「不不不。」算命師微妙地否定，繼續說：「您的旅行運也很不錯。」

「旅行運？」

「嗯，就是出門旅行，旅行的運氣呀。想必您已經去過世界很遠的地方了。」

傻二和朝子相視而笑。這時，算命師用手電筒的圓形小光，照著一個地方，定睛看了一會兒。

「不過……嗯，這個秋天千萬要小心。九月，或是十月的時候……」

「會發生什麼事嗎？」

「總之今年秋天要小心謹慎，才能確保安然無恙。」

算命師寒著臉，語畢便不再多說。

兩人也就默默地離開了算命師。凱迪拉克的車篷在晚餐前就蓋上了。

車子發動後，朝子說：

「聽了晦氣的話，心裡會有疙瘩吧。幸好我沒讓他看。」

「我沒什麼疙瘩喔。太荒謬了。」

傻二爽朗地說，語氣裡沒有絲毫逞強。

此時，街角忽然衝出一部雷諾，倏地從傻二的車旁呼嘯而過。

「混蛋！」

「啊，好可怕。」

「不用怕，九月還沒到呢。」

俊二送朝子回田園調布的住家途中，朝子頻頻看著俊二開車的側臉。那真是一張俊美，卻有著年輕野獸般的動物性側臉。不說話時，這張臉反而有種故事性。朝子心想：

「難道，恐怖的不幸將會襲上這個人？不會吧……」

在幽暗的車裡，對向的車燈時而像閃電般照在這張側臉上，彷彿在暗示著未來會有悲劇發生。

這種不祥的預感，讓朝子首度稍微被他的魅力吸引。

星期一。

朝子收到一位陌生女子的來信。信放在粗劣的牛皮紙信封裡，字體不太工整，而且帶著一種糾纏不休的偏執。

「我認為我有義務寫這封信給妳，因為斑鳩兄的康復慶祝會之所以流產，都是妳這位任性的千金小姐害的，使得我們也蒙受很大的牽累，所以我要寫信跟妳說。

「等一個小時左右，斑鳩兄說客人還沒到齊，煩躁不安地繼續等下去，但最後終於按捺不住，大聲怒吼：

「『今天的聚會不開了！大家回去吧！』

「他一旦發飆便難以收拾。大家上前安慰他，問他怎麼回事，結果他拿出妳的名片扔在桌上，突然抱頭痛哭起來。於是我拿起名片趕緊打電話去妳家，可是妳不在。身為斑鳩兄的忠實女性友人的義務，我把妳的住址抄在我的記事本裡。

「接著斑鳩兄竟然亂罵人，說大家偷走妳的名片，明明是他自己扔掉的。我把名片還給他，大家連忙安撫這位可憐的獨腳人，還把他送回家。

「就這樣，可喜可賀的出院慶祝會變得亂七八糟。『地獄』的老闆娘非常尊敬斑鳩兄，為了慶祝他出院，還免費提供下午時段，結果搞成這樣，她也破口大罵不曾見過面的妳。

「我們是一群打從心底熱愛斑鳩兄的藝術的人。我們沒有稱他『老師』而是叫他『兄』，從這一點妳也能明白我們對斑鳩兄的感情吧。他是真正的天才。他帶著與生俱來的天使靈魂，他的喜怒哀樂都是真實無垢，我從未見過像他那麼純潔的人。

「事到如今，我甚至認為妳救了出車禍的他是多管閒事。如果當時他死了，或許能使他的藝術榮耀更添光輝。

「既然允諾了神聖的聚會之約，卻又毀約害得聚會變得亂七八糟，我代表我們這群人，向妳這個完全沒神經的富家千金小姐，表達我們的憤怒……

A子」

……

朝子有生以來，不曾收過如此失禮的信。讀信的過程中，幾度氣得差點落淚。但仔細想想，這一切只不過是無理取鬧。首先，是斑鳩一自己認為朝子會出席那場慶祝會，但朝子從未答應過。

「寫這封信的女人也太莫名其妙了。」

朝子反覆思考後，稍微冷靜了下來，覺得整封信的內容真是滑稽至極。

只覺得這些人簡直是一群瘋子。破口大罵素未謀面的朝子的老闆娘，想必非常瘋狂。這群人的中心人物斑鳩一也一定很怪異，還說擁有「天使的靈魂」，真叫人不敢領教。八成是個非常乖僻彆扭的天使吧。

但撇開這些滑稽的部分，朝子依然無法不把這封信當一回事。在一個自己不在場的地方，發生了因自己而起的事件，感覺像窺見了另一個自己，給她帶來一種奇妙的感動。

「我和俊二在看電影時，在澀谷的那間酒吧裡，發生了一場幾近瘋狂的鬧劇。」

想到這裡，朝子變得很愉快。她的快活使得她崇高的心靈，不至於因為自己好心送重傷患者去醫院、卻換來這種咒罵的回報而傷心難過。她不是為了求感謝才做那件事。

於是朝子把信撕了，扔掉，然後開始做學校功課。這是初夏薄暮時分，果實逐漸成熟的豐醇時刻。朝子的書桌上擺著一個逃難時沒被燒掉的小雕塑，這是父親從國外帶回來的古代可愛雕刻品，用微黃的大理石刻出丘比特與賽姬，一對裸體的小戀人站著，臉頰貼近輕吻的模樣。

朝子在唸書時，有時會停下來凝視兩人接吻的模樣，然後臉上漾開微笑。小小的白色大理石嘴唇，猶如小鳥般的接吻，絲毫沒有肉慾的感覺，宛如兩個靈魂的邊緣和邊緣彼此接觸。

「這才是純潔無垢的天使靈魂。」

想到這裡，朝子眼前浮現出斑鳩一抱膝沉思、坐在畫室一隅的身影。拄著柺杖的天使……但朝子的心裡，有個小小的細縫。

「為什麼我要去同情這個人？我有什麼理由認為這個人很可憐？」

基於一個令朝子困擾的動機，她再度去見斑鳩一。

事情是這樣的，有天晚上，斑鳩一打電話來找朝子的父親周伍。

「有什麼事嗎？」

由於母親在場，父親對朝子使個眼色，皺著眉頭走向電話室。

母親整天在家，報紙從頭看到尾，幾乎無所不知，於是她說：

「斑鳩這個姓還真怪，和前陣子被車撞到的天才畫家同姓呢。」

「哦。」

朝子心不在焉地回答，內心忐忑不安。

過了一會兒，父親探頭出來叫朝子。

朝子和父親一起走進電話室。父親用手遮住話筒，悄悄地對朝子說：

「這通電話很麻煩。看來藝術家這種人很容易激動啊，真是吃不消。他是怎麼查到我們的名字和電話號碼的？他說無論如何一定要來我們家，當面向救命恩人道謝。還說有三、四個弟子要陪他坐車一起來，因為他現在還不太會用枴杖。他要是那個樣子來了，妳媽那裡怎麼交代？我已經拚命拒絕他了，可是他根本不聽。說至少叫妳來接電話，讓他在電話裡向妳道謝。」

「真是傷腦筋啊。」

朝子幾乎是下意識地從父親手裡搶過話筒，連自己都嚇了一跳。

「隨便敷衍他就好，免得日後麻煩。」

「我知道。」

父親老實地走出電話室後，朝子鬆了一口氣，將話筒貼在耳朵。很意外的，話筒傳來的聲音並不刺耳，倒是挺冷靜的。那頗為開朗的聲音，比他的外表年輕很多。

「喂，朝子小姐嗎？……啊，終於能聽到妳的聲音，我又活過來了呀。我是想說反正妳不會接電話，所以才打給妳父親。」

由於父親就在電話室外面，朝子很想說「你這麼做讓我很困擾」，但還是不敢說出口。

「要是我找幾個人扶我去妳家，你們也會很困擾吧。可是我真的會去喔。但是，如果妳明天願意來我的畫室玩，我就不去妳家叨擾了。我的畫室在大岡山的高崗上，到這附近就會看到，很好找的。地址是……」

斑鳩一逕自說下去。

「可是，要是我明天等一天妳都沒來的話，我就會去妳家。我整天窩在畫室都快死了。再見。」

電話就這樣掛斷了，但朝子覺得滿幽默的。

回到客廳，父親正在回答母親的盤問。

「不是，是透過別人的介紹要我買他的畫。介紹人是朝子的同學，他叫朝子去聽，我叫朝子要拒絕他。那個人只有一條腿，生活很困苦的樣子，滿可憐的……」

「什麼樣的畫？」

「不知道。我也不知道什麼樣的畫。」

為什麼去見斑鳩一的日子，總是下著雨呢？

朝子在輕柔透明的雨衣裡，穿著暗桃色的上學連身裙，去斑鳩一的畫室。

畫室雖然在高崗上，但位於中產階級的住宅區裡，視野不太好。在溼漉漉的高大樹籬中，出現一道潮溼、快要腐朽的木門。

所幸沒有出現那封信描寫的瘋狂崇拜者，而是一位年老慈祥的**老婆婆**笑咪咪地來應門：

「來，請進，請進，往這邊走。老師已經等妳很久了。」

斑鳩一坐在躺椅上，膝上蓋著毛毯，神情極其憔悴，以孱弱的微笑迎接朝子。

「你這個人真過分，竟然威脅我。」

「因為我不威脅妳，妳就不來呀。」

「可是，我不是被你威脅來的。我原本就想來探望你。」

「嗯哼。」

斑鳩一是**生性**不擅言辭的人。老婆婆立刻端來水果和茶，似乎早就準備好了。

比起第一次見面時，現在的斑鳩一顯得比較穩重，也溫和許多。這使得朝子覺得這個男人有如萬花筒。

「我請妳來，其實也沒什麼事。只是我覺得，妳再不來我就要死掉了。」他語氣淡然地繼續說：「我不會說想畫妳的肖像畫，或是畫電影出現的那種低級畫，我不會說這種浪漫的話，所以請不用擔心。」

「哦，我也不想有自己的肖像畫。」

「照鏡子就看飽了吧。當然對女人來說，從鏡子直接看到的自己才是最喜歡的肖像畫。沒有比這個更好的了。」

朝子暗忖，又來了。雖然不以為然，倒也覺得很有趣。斑鳩一今天把鬍子刮得很乾淨，但有兩、三處被剃刀刮傷了，血漬的紅與刮完鬍子的青色痕跡形成鮮明的對比。

「今天我之所以特地請妳來……」

他說到這裡停了很久，朝子只好佯裝天真無邪地問：

「怎樣？」

「是希望妳不要妨礙我的工作。」

「咦？我幾時妨礙你了？」

「上個星期六，妳就嚴重妨礙了我。」

「你指的是我沒去慶祝會？」

「那也是其中之一。」斑鳩一極其嚴肅地說：「最嚴重的是，妳和一個美男子去看電影。」

朝子為自己的自由受到干涉而頓生怒意，但仔細想想也覺得不可思議，為什麼這個畫家會知道這種事？畫家立刻繼續說：

「那天，我的朋友去同一家電影院看到了妳，回來立刻跟我說，他看見一位美若天仙的女孩，還仔細描述那女孩的特徵。光是這樣，我就知道是妳了。」

「怎麼會……一定是搞錯人了。」

「錯不了的，我的靈感向來很準。只要是我喜歡的人，我的靈感從來沒有錯過。」

朝子有點毛骨悚然，但還是鼓起勇氣，開朗地展開逆襲。

「你們那群人，好像每個都有靈感這種東西，接近瘋狂，不太正常啊。」

「妳認識我們那群人？」

「因為你的熱情崇拜者寫信給我呀。」

朝子簡單扼要地說明那封信的內容，畫家側過頭去聽，一邊用孩子氣的手指戳床頭櫃上的檯燈燈罩，讓它搖來搖去……不久，聽完之後，他將臉轉向朝子，露出非常孩子氣的笑容說：

「哦，那封信啊。那是我一氣之下寫的，寫得很噁心很棒吧。」

原來如此，那個筆跡確實不像女人的字。

六

那封威脅信是斑鳩一自己寫的。這種出乎意料的計謀，連朝子也瞠目結舌。這真是猶如魔鬼般的行徑，但眼前斑鳩一天真無邪的笑容、尤其是清澈美麗的眼眸裡，不帶任何絲毫惡意。朝子想到斑鳩一就像他自己寫的那樣，不覺莞爾，但也覺得這名奇特的男子心中，似乎真的有著純潔無垢的天使靈魂。沒有任何惡意，卻能做出任何壞事的天使靈魂。

但斑鳩一並沒有問「妳嚇到了嗎？」這種普通的問題，他說的是：

「總之，不要妨礙我的工作。」

「你很任性耶，我只是在過自己的生活。要是我做什麼事都會妨礙到你，那我只能變成你的奴隸了。」

「那就請變成我的奴隸吧。」

脾氣再好的朝子聽了也動怒了。

「我該告辭了。」

「像妳這麼特殊的女性，居然像那種小家子的女孩說『我該告辭了』，不覺得丟臉嗎？妳應該更堂堂地表現出不可侵犯的氣質。揍我也無所謂喲。把我這個可憐的獨腳男，連同整個椅子摔出去也無所謂。」

朝子默默起身。窗外的雨聲變大了，心裡有股難以名狀的恐怖與忐忑，使得她不寒而慄。

「來吧，儘管踐踏我吧！用腳踢我，向我吐口水！」

斑鳩一激動地沒拿柺杖就站起來。原本以為他要幹什麼，不料卻踉蹌地跪倒在她腳邊，雙手緊緊抓住她的腳踝。朝子心底竄起一陣寒意，但想到這雙纖細的腳，無論遇到什麼事也要像雕像般穩穩站著，便湧出了不可思議的勇氣與力量。斑鳩一忽然嚎啕大哭，一邊哭著一邊叫喊：

「要是妳折磨我覺得開心，那很好！討別的男人歡心、對他甜言蜜語，像這樣把兩個男人玩弄於鼓掌之間，那也很好！懂得分開使用就好！」

朝子聽到這個任性孩子的吶喊後，有種期待落空般的感覺，也不再恐懼害怕，甚至覺得有點好笑。對殘障者的態度，很自然變成母親般的態度。斑鳩一也不再狂亂發飆，朝子稍微把腳收回來，他也無力地放開了腳踝。

朝子扶著斑鳩一坐回躺椅上，把毛毯蓋回他的膝蓋，拿出自己的蕾絲手帕為他拭淚。

斑鳩一乖乖地讓她拭淚。擦完之後就別過頭去，帶著重重的鼻音說：

「求求妳，別說要回去。」

「如果你要說喜歡啦討厭啦，那種奇怪的戀愛論，我已經受夠了，我就要回去。」

「那麼……談其他什麼事都好，請妳留下來。」

「想不想聽我家的事？」

「想。」

朝子覺得能了解自己家庭不幸的人，除了眼前這位，大概沒有別人了。向來不喜歡談心事的她，連對朋友都不想談這種事，但她此刻覺得唯獨這個殘廢的青年，會用一種壞心眼的溫柔，來傾聽自己的心事。像俊二那種開朗的青年，若聽了之後臉上浮現模範性誠實的同情，叫人情何以堪。

朝子娓娓道出母親灼傷的事，自己的身世背景，以及父親那與眾不同的愛。斑鳩一靜靜地聆聽。他閉上眼睛像是睡著了，但其實不然。朝子說完後，他開口說：

「妳被熾熱的感情圍繞著啊。不過妳的處世態度不對喔。令尊之火，令堂之火，我的火，以及另一個美男子的甜蜜之火（這句又使得朝子蹙眉）；這樣被四面八方的火團團圍住，妳卻認為只要保持冰冷之心就沒問題。這真是大錯特錯。冰終將會被火融化喔。無論再厚的冰，就算妳是冰山也一樣。」

「但我是很可愛的冰山吧。」

「妳少臭美了。世上哪有可愛的冰山。我是在說妳的處世態度不對啦。」

「你又要說教了？」

「說教有什麼關係，只要不是愛啦戀啦就行了吧。妳聽好，用冰來對抗火是錯的。火就要用火，要把自己變成更強、更猛烈的火。要變成足以毀滅對方之火的烈火才行。不這麼做的話，妳會被消滅。」

斑鳩一如往常，眼神宛如被自己說的話迷住了，以預言者般的語氣說。這種語氣有種魔力；縱使朝子認為他說的是歪理，但原本站著聽的她，不知不覺也坐在斑鳩一躺椅的扶手上了。

斑鳩一摟住她的腰。

「可以嗎？」

將臉偎在她的腿上磨蹭，低聲說。

「不行啦。」

朝子抓起他無力的手，像護士般，慢條斯理地把他的手放回去。

「妳果然是冰啊。」

「才不是。我是火，所以絕對不會融化。」

「妳才不是火呢！騙人！」

年輕的殘障者大叫後，忽然以渾身之力跳起來，嚇得朝子應聲跌入深深的躺椅凹陷處，宛如跌落乾草堆裡。斑鳩一一直等著這個大好時機，順勢緊緊抱住朝子的身體，吻了上去。這是朝子有生以來的第一個吻。但因來得太突然，衝擊太大，被抱住的身子不停顫抖，嘴唇忘了躲開，顫慄的牙齒也直接碰上了。

霎時，掠過朝子腦海的影像是，宛如人在臨死時看見的走馬燈幻影。朝子當然也有少女情懷的夢想，很久以前就幻想過初吻的種種背景。

那背景多半是有山有海，擁有大自然美麗風景的地方，空氣清爽，有個熱情男子的臉貼近自己的臉，在最愛的男子唇前閉上眼睛，等待接吻的瞬間……這種情景，她在腦海中複習了無數次，宛如已成為過去的記憶。但此時，這個意想不到的初吻，和她期待的初吻截然不同，具有一種殘酷的現實力量，一舉推翻了原本的美麗記憶。朝子萬萬沒想到，男人的嘴唇是如此狂暴地壓過來。

朝子終於甩開男人的擁抱，跑到畫室的角落。這時朝子覺得好像雜夾著以前的殘夢記憶，迷失在一座沒有出口、色彩鮮豔的詭異迷宮裡，後面有人追趕卻無處可逃的顫慄恐懼。

但終於有餘裕回頭看時，只見斑鳩一垂頭喪氣地坐在躺椅上，雙手捂著臉。

朝子想整理亂髮，將臉湊向掛在柱子上的鏡子。結果看到出於斑鳩一的喜好，這面鏡子像是布滿血管、有著紅色龜裂痕跡的詭異鏡子。

她感到心跳加快，想離開房間。此時一股奇異的衝動，使得她想對斑鳩說句話再走，不過還是壓抑住了。

最後在老婆婆一臉詫異的目送下，離開了斑鳩一的畫室。外頭雨勢滂沱。她以抵擋雨勢的姿態撐著傘，在雨中急行，即便**被雨水濺溼了**也不介意。她鬱悶地思索著，剛才歷經的一切不是能和父母商量的事，是自己一個人的孤獨問題。「我是一個人孤獨地活著。雖說每個人都一樣，但我以前沒有過如此深刻的感受。」

——車站附近的醬菜店映入眼簾，在雨中可以看見燈光下的紅薑、醃黃蘿蔔散發出人工鮮明色彩。稍微定睛看了一眼之後，朝子感到一種被扔進激烈人生中的人，忽然懷念起的生活感。

這個夏天，學校放假後，朝子便急著想去輕井澤。以前她都是捨不得離開東京的同學們、心不甘情不願陪母親前往避暑地，但今年雨季還沒結束，朝子已表現出想快點離開東京的樣子。

對依子而言，無論在東京或輕井澤，反正她都關在家中不出門。尤其輕井澤是個社交頻繁的避暑地，討厭與人接觸的依子更不想和任何人交往。因此她經常希望能在還有點冷的雨季去輕井澤；然而她卻反過來責備女兒：

「這太無聊了吧。在那種山裡，每天下雨，不烤火取暖還不行呢。像去年，因為太冷了，垣見太太還一邊燙衣服，一邊用熨斗取暖。那種太太，乾脆把熨斗貼在臉上過日子，還可以燙平皺紋呢。」

「可是，我覺得偶爾這個時期去輕井澤也滿不錯的。可以一整天聽雨聲，一邊燒著白樺木取暖……」

聽到這番話，依子心頭一驚，不由得在心裡自問自答。

「應該是發生了什麼事吧？這孩子的喜好竟然和我一樣。平常，這孩子簡直就是來侮辱我期望的。」

周伍對這個提案表示贊成。這位浪漫的父親，每個週末，不辭辛勞地開著一塵不染的車子去看女兒，是他夏天的樂趣之一。

就這樣母女出發了。和母親獨處時，朝子變得沉默寡言。五個小時的火車裡，她們面對面坐在被雨籠罩的昏暗車廂裡，幾乎不說一句話。依子一定坐靠窗的位子，而且一定將灼傷的側臉對著窗那一邊，這樣其他乘客就看不到了。但是火車靠站時，月台上的人不免會看過來。因此，依子準備了手帕，只要一靠站，便用手帕遮住灼傷的疤痕。

朝子總是以憐憫的心情，看待母親這種努力。

火車開始爬坡後，在一個小車站發生了一起事件。

依子旁邊的座位是空的，一位肥胖的紳士沉沉地往這裡一坐，使得依子的手帕掉了下去。這時月台上剛好有個撐傘送行的男子，他往車窗裡一看，剛好看到依子沒用手帕遮住的臉，霎時露出一臉驚愕。依子不由得看了這名男子的臉。朝子情急之下試圖裝作沒看到，但母親卻立刻瞥向朝子，正巧碰上她的視線。這種尷尬非比尋常，因為她撞上母親充滿憎恨與悲慘的懾人目光，像箭一樣射過來。

依子在車裡不太看雜誌類的東西，但偶爾會看朝子買來的電影雜誌，無聊地翻閱，逐一挑剔封面女明星的瑕疵。

「這是目前走紅的R．C嗎？因為媽媽太久沒看電影了，今天看這本雜誌才第一次看到她呢。這張臉哪裡漂亮了？嘴唇薄薄的，耳朵簡直長得跟驢子一樣。」

朝子不知如何答腔。

依子沒有灼傷的半邊臉依然很美，但她不化妝，也只隨便挽個髮髻，穿著古板女老師才會穿的服裝，所以大家都對朝子投以驚豔的目光，看都不看母親一眼。但這也是依子的虛榮心之一，彷彿以全身在告訴別人：「我要是化妝的話還是很美的，只是偏偏不化而已。」

依子的生涯，一言以蔽之就是「悲慘」二字。雖然她不曾為生活吃過苦，但前半生在維持美麗及其不安中度過，後半生則在喪失美麗及其絕望中度過，未曾有過屬於自己的真正生活。

朝子認為，幸好依子是自己的生母，若是夫家的婆婆，不知會怎麼樣！

抵達雨中的輕井澤，朝子才和母親度過第一天，便已厭煩不已。從那個初吻以後，她突然很害怕和男性友人來往，所以才想趕快逃到這個山裡來，但來了卻又馬上厭煩了。

雨霧模糊了楓葉柔嫩的綠色輪廓，不在乎淋雨也不撐傘的外國人在雨中悠閒地散步，溼濡的金髮穿越樹間時，看在從窗戶眺望外面的朝子眼裡，覺得分外嫵媚。她望著那雙被雨霧溼濡的白皙雙手心想，摸起來一定像白樺樹的外皮一樣冰冷吧。

「真奇怪，我竟然會想這種事。無所事事果然不行啊。」

朝子想要唸點書，卻無法集中精神。

就在此時，她收到俊二愉快的限時信。字體大方舒緩，內容簡潔且充滿感情。

「妳竟然丟下我，自己前往輕井澤，讓我很震驚。我會搭星期三下午兩點抵達的準快車，追妳而去。根據手相占卜顯示，星期三梅雨季就會結束，進入真正的夏天，到時候我們就能一起打網球了。這是我最期待的。」

——這封信半個字都沒有提到「去車站接他」，這使朝子很滿意。

妙的是，星期三真的是個大晴天，中午的陽光甚至有點熱。

朝子首度換上夏裝。她穿著純白短褲，騎著自行車，奔馳在溼氣猶存的火山灰道路上，結果看到同樣穿著打扮、騎著自行車的年輕人，宛如會合般紛紛出現。然後一輛輛自行車穿過白樺樹林，越過橋梁，沿著輕便電車的路線，宛如競賽般往車站前進。

朝子覺得擺脫了在母親身邊度過幾日的陰霾，朝著生命的正中央疾馳而去。還沒被太陽曬黑的雙腿，每當踩下踏板便感到結實的快感。她時而看著自己隱藏著無限力量的雙腳，心想：好像運動會早上擦了「擦勞滅」的腳啊。

抵達車站後等了十分鐘，下行的準快車進站了。

俊二穿著白色西裝，拎著明亮乳白色的行李箱，昂首闊步地走出剪票口。朝子突然衝過去，撞到了他。父親平日費心教導的禮儀，在這裡完全沒用。

「啊，抱歉！」

俊二被撞得一個踉蹌。朝子笑說：

「小心扒手。」

俊二摘下墨鏡，仔細端詳朝子。

「嚇了我一跳。妳好像變了個人似的。」

「我是變色龍，會因所在之地改變顏色喲。」

「現在這個顏色是最美的。」

朝子看著俊二，證實了自己的美而安心許多。但也明白這種醜女才會有的心思，是受到母親的不良影響。因為不知不覺中，她也陷入自己臉頰有大片灼傷的錯覺。

無論什麼事，相配總是好的。

這對天造地設的金童玉女，在輕井澤成了眾人矚目的焦點，每天過著和輕井澤很搭的浮華生活。若要輕蔑它，可以說這是簡單的生活，但要過這種生活也必須條件充分才過得起。俊二與朝子深知彼此像訂做出來的人。但俊二不帶陰霾也不含蓄的開朗，在這高原透明的空氣中，並不顯得空洞，只是單純地清澈透明。兩人連吃點心時，意見都能立即一致；打網球的技巧也在伯仲之間。他們就像一雙鞋子，外表上看來各自獨立，一旦有人穿上，立刻發揮一心同體的功能。

有一天，他們潛入M侯爵宅邸的院子裡。

這座宅邸一年前已轉售出去，買主是位飯店業者，曾經預告要將它改建成飯店，在今年夏天開幕，但遲遲不見動工。許多知名飯店紛紛解除接收，再加上經濟不景氣，飯店業者也把計畫拖延下來了。

院子可以自由進出。其實是沿著河川往上游走，河岸荒草叢生的小徑盡頭有一道柵欄，但柵欄腐朽傾倒，可以輕鬆進入。從這裡開始，小河被人工導成曲折狀，繞過草坪斜坡下方，形成一處沼澤。半野生的白色與紫色菖蒲花，不是大朵大朵地開，而是綻著茂密的小花與綠葉覆蓋整個沼澤。

斜坡的草坪也長年疏於照料，長了各種野生的雜草與花卉。從這裡仰望過去，猶如古城般的侯爵家別墅，彷彿是為了這些野草花卉而存在，看起來別有一番風情。

朝子打完網球後有點累，躺在這裡的斜坡休息，在涼風的吹拂下，接受了俊二的初吻。這附近杳無人煙，若不在這裡接吻，俊二就變成有負祖父之名的人。因此他吻了朝子，朝子也接受了他的吻。

朝子曾經夢想過，在猶如手帕盒上畫的美麗人工風景中，一位俊美的青年溫柔地吻了她。如今俊二現實了她這個夢想。

一股「刮完鬍子的古龍水」味傳來，西班牙風的側臉靠近。嘴唇近到不自然的地步，有些溼濡，青年的表情好像面對食物的小狗，天真無邪地微微傾斜。

……朝子閉上眼睛。

但這並不是她的初吻。雖然不是什麼重大過失，但由於和斑鳩一吻過了，這個第二次的吻就變質了，意義也截然不同。在這個夢想延續的理想背景中，不容分說的現實之力的魅惑已消失殆盡。朝子做的只是極為觀念化的接吻。對象並非俊二不可的吻。這只是夢的模仿，是不誠實的吻。

俊二是否發現這點了呢？

不過生性不拘小節的俊二，似乎認為世上只有這一種吻。他露出滿足的表情。而朝子對這個表情，感到些許輕蔑。

「朝子。」過了一會兒，俊二以美式作風說：「妳願意和我訂婚嗎？」

「這算是在求婚嗎？好像有點不對耶。」

「我現在這麼認真，不要調侃我啦。我是想從結婚的最初階段開始鞏固下去。」

「回家後，我會把它當作考試題目，徹夜想想看。當女人真吃虧，除了學校以外，還會經常被出這麼難的考題。」

其實剛才俊二話一出口，朝子原本想直接拒絕，但仔細想了一下，卻找不到可以拒絕的理由。

「在這裡想就好。若有不懂的地方，我可以幫妳。」

朝子沉默片刻，朝著河畔曲折小徑延伸的方向凝望而去。

霎時，朝子背脊發寒。

她看見那道腐朽的柵欄旁，斑鳩一拄著枴杖直勾勾地看向這邊。

那不是幻影。因為斑鳩一不良於行，似乎很難越過那道腐朽的柵欄，於是忿忿地用枴杖戳柵欄，忽地抬頭遇上朝子的目光，隨即慌忙躲了起來。

「真是個怪人。」

朝子的感想極其冷淡，但想法卻反應在俊二身上。

她倏地抬頭凝望著俊二說：

「考題答好了。」

「答案出來了？如果和我的答案一樣就是正解。」

「答案一樣喲。」朝子不安地垂下眼瞼。「不過，你得牢牢地抓緊我才行。」

「我當然會抓緊妳。不過這不像妳會說的話，像是做了什麼虧心事的人說的。」

「……虧心事？」

朝子非常端莊地笑了笑。

七

不知從何時起，依子和斑鳩一開始來往了。這是極度保密的交往，不知斑鳩一是如何接近依子的，但依子變得神采飛揚，宛如復活了似。

依子會在早晨或傍晚，趁人少之際，在霧氣遮掩下外出散步，除此之外都待在家裡，把報紙和週刊雜誌鉅細靡遺地看完。這個形同死了的女人，來到輕井澤以後竟然胃口大開，朝子看了都覺得好笑。

斑鳩一總是趁朝子不在的時候來。我們就穿過院子的落葉松，聽聽蕾絲窗簾裡的兩人談些什麼吧。

「……只有這樣？」依子以那靜脈浮現的初老手掌，捧著已經喝空的紅茶杯。

「還有很多喔！但一個惡評，等於十個惡評。就如同只有一隻雞報曉，黎明將至是毋庸置疑的。」

斑鳩一說話時背向窗台，所以只能看見他被長髮遮住的後頸。

「總之，請你多收集各種證據。我會等待最好的時機，然後慢慢地，就像水滲入沙地裡，我會下工夫把痛苦滲進他的心裡。最好等他爬到得意巔峰時期。」

依子的聲音不同於往常，顯得很有朝氣。那彷彿只為了訴說不平與怨恨的嘴唇，此刻猶如回春似的紅潤鮮豔，眼中則散發出往昔穿梭於歐洲社交圈的雍容光輝。

周伍在某個週末來到輕井澤，聽到朝子答應求婚一事，而且對象是永橋俊二，立刻表示贊成。他還馬上邀請俊二和朝子去萬平飯店共進晚餐，由於情況特殊，他也請依子一道，但依子堅決不肯。周伍是認為，盡早讓未來的女婿知道家中的瑕疵比較好。

「可是，妳沒見過那個年輕人吧。」

「我見過了，他經常來找朝子出去。」

「妳跟他談過話了？」

「沒有，我只是從窗戶偷瞄了一下。我也跟朝子說了，我不喜歡被介紹。」

「總之朝子和他訂婚，妳有什麼意見？」

「要訂婚就去訂婚呀。她是你的寶貝女兒，你一個人決定就好了。」

雖然晚餐前發生了這麼一段不愉快，但之後和朝子與俊二一共進晚餐時，使得周伍愈發欣賞俊二，覺得這對年輕男女是世上罕見的美麗組合。這種天賜良緣讓浪漫的父親感動不已。

但就周伍而言，他也認為太過輕易贊成這個婚約未免流於草率，最起碼要先和對方的父母見面談一談，在那之前就先默認看待吧。但其實他心裡早已完全傾向贊成了。

他很佩服女兒理智的處理方式。表面上看起來是戀愛結婚，但周伍深信這是朝子經過深思熟慮才答應的婚約。當他見過俊二的父親，確定俊二的父親對兒子的期待，以及他將繼承豐厚的遺產後，周伍益發覺得女兒做這個選擇是為了他，令他萬分欣慰。

那麼熱中於塑造自己理想女性的男人，卻不願承認這個女人心中也有熱情，這究竟是怎麼回事？周伍對女兒沒被熱情沖昏頭而深感安慰。周伍培養了朝子高尚的教養、生活的審美性知識，與優雅的舉止等等，為了讓這些可以持續保持下去，除了有個英俊瀟灑且心性寬厚的年輕伴侶，更重要的是錢。朝子也深諳箇中道理，因此做出這種決定。

但答應俊二求婚的第二天，朝子就後悔了。她在自己的房裡，徹夜輾轉難眠，眼裡浮現的淨是那個殘障、傲慢的年輕畫家。

「我墜入情網了。」朝子渾身打顫地思索。「那時我之所以答應求婚，是心裡某些微妙的動機所致。當那個拄著枴杖、臉色蒼白的人，出現在壞掉的柵欄那裡，用執念很深的眼神看著我時，我想抓住別的東西來遠離這種無以名狀的恐懼，才答應了求婚……結果現在，我眼前浮現的都是那個可憐畫家的身影。可憐的人……我初吻的人……」

朝子很想再和斑鳩一見面，跟他談一談。但那之後斑鳩一便不見蹤影，想必已經回東京去了。她覺得這都是自己的錯，連寫信的勇氣也沒有。然而她做夢也沒想到，自己不在家的時候，斑鳩一竟然偷偷地來找母親依子。

隔週的週末，周伍又來到輕井澤，對女兒突然的變化非常震驚。美麗女兒的雙眼過度無神，臉頰帶著憂愁，聲音也好像感冒有點沙啞。

在此同時，依子的好心情也惹得周伍不高興。或許她是因為女兒訂婚感到開心，但依子已經很久沒有露出如此坦直的喜悅，因此周伍心生疑懼，覺得是什麼不祥的預兆。

周伍提議和女兒與準女婿一起騎馬散步，到千瀧瀑布那裡。但朝子說：

「我想和爸爸兩個人去。」

「怎麼？你們吵架了嗎？」

「沒有啊，我們每天打網球、跳舞都在一起喲。不過，以後可能就不能和爸爸兩人單獨出去玩了，所以想趁現在，好不好？」

「哦，妳的用心真令人感動。」

就這樣，女兒的解釋溫暖了周伍的心，兩人換上馬裝，前往出租馬匹的廄屋，租了兩匹熟悉的馬。騎在馬上的周伍像個英姿煥發的退伍軍官，半白的頭髮和高原的陽光很相稱。朝子沒穿長靴，只穿著剪裁精緻的淡褐色馬褲，搭上一件藍色粗條紋鑲邊的簡素襯衫，頸上繫了一條絲巾。

起先周伍騎在前面，朝子保持半個馬身跟在後面。雖然這不是能輕鬆談話的距離，但周伍依然察覺到女兒出奇的靜默，好幾次回頭端詳，但只見女兒依然策馬和他保持同樣距離。

一輛巴士迎面而來，戴著白色荷葉帽的小學生紛紛探出車窗，於是周伍放慢馬步，騎到路邊。趁著巴士揚起塵埃，他呼喚女兒：

「喂，在這裡歇會吧。」

「好。」

兩人進入小徑，將馬繫在林子裡，坐在草地上。小鳥啁啾不絕於耳，周伍擦擦汗、沉默了一會兒之後，基於一種父親的直覺，突然如此問朝子：

「朝子，妳戀愛了是吧？」

正在編織身旁野草的朝子，抬起溼潤的雙眼，茫然地望著父親說：

「是的。」

此時若周伍問繼續「是誰？」朝子可能會誠實地說出斑鳩一的名字。如此一來或許能避掉危險。

但周伍沒有問，因為周伍亦受制於他的「教養」，認為就算親子也不能談庸俗的事情。他認定那個人是俊二，光問「是誰？」都是庸俗，因此他沒有再介入。

但其實他之所以突然緘口的原因是，這個初老的男人感到一種令自己困惑的感情。他討厭說出「俊二」這個名字。此時周伍感到嫉妒。

上星期在萬平飯店見到的朝子，已經成長為不帶熱情、端莊的貴婦人。但這星期見到的朝子，確實已成為某種熱情的俘虜。

「我在嫉妒。」周伍愕然暗忖。

於是，與生俱來的理性立刻強勢告誡自己，絕不能像世上的愚蠢父親，因為下意識的嫉妒而阻撓女兒的婚事，萬萬不能變成這樣。話雖如此，看著眼前朝子墜入情網的模樣，他感受到的恐懼如同站在懸崖邊。這或許也是他有生有來，首度嘗到強烈情感衝擊的滋味。

「我必須克服這種感情。」周伍心想。

於是他鼓起勇氣，提出下一個問題。

「嗯，所以，這個戀愛的結果不是不幸的吧？應該是幸福的吧？」

「是幸福的。」

女兒的謊言傷了父親的心。

「究竟出了什麼事？前些時候妳看起來那麼冷靜而幸福，為何現在一副為情所困的樣子？不過妳也因此顯得更美就是（這是事實。周伍強力的嫉妒就是來自於此，因為此刻女兒的美是別人所創造的，而不是他自己原先創造的）……對了，今晚我也要和俊二見個面，到時候好好問他吧。」

「啊！不可以！千萬不要！」

周伍未曾聽過女兒如此悲切的叫喊。

「為什麼？」

「不為什麼。我只求您千萬不要這麼做。請您答應我。」

這個星期天已經是晚夏。稍微性急的人早已離開，從白樺林望過去，看得到緊閉的別墅大門，門前的信箱就像沒有鳥的空巢唐突地佇立在那裡。歸途上，父女倆騎著馬，各懷心思地眺望這一幕。

木宮一家離開了輕井澤。

依子在等待。自從臉部灼傷以來，依子未曾如此期待丈夫歸來。

她察覺到丈夫心神不寧。她知道丈夫正被一種無以名狀的不安所困，而且非常孤獨，沒人可以商量。這個被埋沒的女人，比一般人更擅於觀察。周伍現在像個陷入情網的少年。依子明白，平日冷靜的他，一旦發現無法用自己的觀念左右世界，就會立刻陷入情感的混亂中。

「他一定會來找我商量，因為他沒別的地方可去了。」

依子如此確信地思考著。

朝子開學後，仍然經常和俊二見面。她和俊二在一起時，總是露出被救贖般的開朗表情，實在很奇妙。若她戀著斑鳩一，對其他男人的親切應該會覺得很煩，婚約的事也會是心裡的重擔才對。但朝子照著父親多年的調教，演出年輕未婚夫妻的交往戲碼，是她生活裡唯一的慰藉。朝子的內心空虛，眼神也沒喜悅之色，但嘴角能漾著微笑說俏皮話。在俊二的身旁，她扮演有教養的千金小姐，瞞著世界，成為人人欽羨的焦點，這也足以讓這個硬心腸的女孩稍微感到開心。

朝子回到東京後，立刻偷偷前往斑鳩一的畫室。但斑鳩一不在。老婆婆說說斑鳩一從輕井澤回來後，旋即又出了遠門，沒有交代去處，只說年底前會回來。

於是朝子每當從不明原因的罪惡感，以及對那位拄著枴杖踐踏草地的孤獨男子的奇妙戀情中，逃避到愚蠢的社交社會快樂裡，總會不禁這麼想：

「爸爸教我的只是形骸上的生活方式，但這卻成為我如今唯一的支柱，真的很奇妙。」

她成了夜總會的常客，但十一點半一到，就像個良家女孩嚴肅地起身，以眼神示意俊二開車送她回家。然後這位幸運的司機，便二話不說服從她的命令。

有一次在歸途中，俊二想把車子開去他想去的地方。朝子眉頭輕蹙，像個女老師般，輕輕敲打他握著方向盤的手背。

「結婚前不行喔。我不是美國女孩，我很保守的。若你敢做那種事，我可能會自殺。」

八

那是發生在九月下旬，暑氣終於遠去的日子。

夜裡，周伍從公司回到家，難得叫住已換好睡衣要上二樓的依子。於是依子在樓梯中間停下腳步。周伍問：

「朝子呢？」

「還沒回來。大概又和俊二去夜總會了吧。訂婚期間還真忙啊。」

「我想和妳談談朝子的事。」

依子不由得露出微笑。這一刻她等很久了。

她雙手的手掌支著桃花心木的樓梯扶手，扭動腰身，轉向丈夫，似乎很享受這種不安穩的姿勢。

「朝子的事？是和俊二有關的事嗎？」

「也可以這麼說。」

周伍踏上樓梯的第一個階梯，一隻手焦慮地摸著扶手上的擬寶珠[4]。

「俊二已經有個五歲大的孩子吧。這件事你處理好了嗎？」

「什麼？」

周伍大吃一驚，整個人幾乎僵住了。

「怎麼？你不知道這件事啊？」

依子丟下這句話便逕自上樓了。她知道丈夫一定會跟上來。

在依子的臥房裡，周伍已經好多年不曾像現在這樣耐著性子坐著。依子不慌不忙地享受勝利的滋味。她沒必要故意耍脾氣了。只須把那個奇妙而親切的斑鳩一收集來的資料，宛如老僧說明古老寺院的寶物般，客觀地告訴丈夫即可。

可憐的父親在聆聽過程中，耳際也響起那個輕井澤的晚夏，朝子忽然打斷他提議時的悲切叫喊聲：

4 欄杆或扶手末端飾以蔥花狀的珠寶裝飾。

「啊！不可以！千萬不要！」

朝子會有那種突如其來的變化，一定是剛知道俊二的祕密。朝子是如何承受這種椎心之痛啊！那個心高氣傲的女孩，為了區區的戀情，是如何與屈辱奮戰啊！現在她只為能待在心愛男人身邊的喜悅、卻眼神空洞地坐在夜總會的椅子上吧。她的心不斷承受著嫉妒與屈辱的痛苦，而且還無法離開那個男人，對於男人的祕密只能佯裝不知情，也無法正面責問他。這種悲慘的境遇，和周伍對朝子未來所抱持的夢想截然不同。

依子冷靜地將孩子的照片、女人的照片、信件等血淋淋的資料攤在周伍面前，以跑江湖的雜耍藝人口吻說：

「這是那個五歲小孩的照片。果然繼承了父親的血統，長得真可愛。然後這張是母親的照片，聽說曾在酒吧高就（依子故意用敬語），俊二出國前一年就和她交往了……還有，這張是那個，前陣子剛從美國回來就搭上的情婦。另外還有一個喔……」

周伍怒火中燒。

「妳收集這些東西幹什麼？」

其實依子等這個質問很久了。

「為了朝子呀。這是當母親的義務。畢竟光憑父親還是無法面面俱到，更何況朝子是個受了偏頗教育的女孩。」

周伍沉默了許久。但依子毫不畏懼，反而很享受這份沉默。因為她知道，這一擊已經使得周伍完全喪失憤怒的力量。

「朝子明天有預定要做什麼嗎？」

「她說要去參加朋友的慶生茶會。」

翌日是星期天，天氣彷彿又重返盛夏的燠熱。一早就下的雨終於歇了，強烈的陽光照在庭院溼濡的草木上。

朝子很想知道斑鳩一對自己的婚約會溫柔地原諒？還是會怒不可遏使出粗暴手段？即便知道無濟於事也要再度去他的畫室。因此她以參加朋友慶生會的名義為由，在下午盛裝出門了。

「那個可憐的人，因為我的關係，生活和工作變得一團糟。」

和他相比，俊二有付出什麼犧牲嗎？俊二與朝子的結合，除了正數乘以正數的無聊相乘效果之外，究竟還有什麼呢？

待在俊二的身邊，朝子總不會忘記自己的美貌，但一想到斑鳩一就忘了。在漫長的思念中，她甚至有過瘋狂的想法：若自己也被車子撞成殘廢，反而會比較幸福吧。走在通往畫室的坡道轉彎處，一輛高級轎車連喇叭都不按突然出現時，她幾乎想乾脆被撞算了。

畫家陰森的家寂靜無聲。應門的老婆婆只是一臉同情反覆地說：

「他還沒回來喔。不曉得他現在到底在哪裡？過得怎麼樣？我也擔心得要命啊。」

「我一定要見他一面。請您幫幫忙。」

「這個嘛……」

這時耳朵敏銳的朝子聽到畫室內傳來的熟悉聲音。那是從椅子站起來時，椅子的吱嘎聲，以及義肢發出的淒厲機械聲。

「他在裡面。」

朝子反射性脫掉鞋子想進屋裡去。

「小姐！不可以！不能進去！」

老婆婆極力阻攔，更證實了斑鳩一在家。

朝子用力推開畫室的門。

強烈的陽光從鑲著玻璃的天花板，透過遮陽帷幕灑落下來。斑鳩一拄著枴杖，身體稍稍傾斜地站在房間中央。

「妳來幹什麼？妳應該不需要我了吧。」

朝子把身後的門帶上。

「我有事找你。」

「妳還是一樣很任性啊。」

朝子直接走到斑鳩一前面。

「請說明來意吧。」

「我想見你。」

斑鳩一看到朝子淚汪汪的雙眼，嚇了一跳。

「妳真嚇人啊。到底出了什麼事？」

此時朝子露出強烈的表情，這是和周伍調教的最相反的表情，這個表情褪去了她美麗的面具。但這份真摯，也使朝子美得無與倫比。

「因為我愛上了。」

殘障者伸出手搭在朝子肩上。

「怎麼？妳愛上誰了？」

朝子默不作答，斑鳩一充分地享受這份沉默後，溫柔地說：

「不可以胡說八道。世上不可能有這種事。」

但朝子只是默默地凝視斑鳩一的胸膛。畫家忽然張開雙臂用力抱緊她。在四片唇接觸之前，瘋狂地吻遍朝子纖柔的粉頸。

永橋俊二接到準岳父木宮周伍來電，命令他下午一定要來木宮家。俊二不喜歡別人命令他，但生性隨和也就答應了。周伍說會立刻派車過去接他，但俊二說要自己開車去。

由於昨晚失眠，周伍雙眼通紅，太陽穴不斷抽痛，臉頰也時常痙攣。他叫依子別來客廳，也嚴格命令傭人上茶後、沒有呼叫不准進來。

由於天氣炎熱，俊二穿得很輕便，只有一件花俏的T恤。因為被迫更改行程很不高興，所以他故意穿這樣來見周伍。

坐落在坡道頂端的木宮家屋頂，在夏日豔陽的照射下，顯得格外烏黑沉鬱。與其說那是朝子的家，更讓覺得是半邊臉灼傷的歇斯底里女人、和她裝模作樣的丈夫住的陰鬱城堡。

他被帶往家中唯一的西式房間，一間十坪大的陰暗客廳。這間客廳是以周伍的品味布置的，但看在留美歸國的青年眼裡，只不過是維多利亞時代的滑稽模仿，顯得裝模作樣又陳腐。俊二心想，等周伍死了，他要叫朝子把這棟古宅賣掉。他是精神分析的信徒，深信任何妄念只要經過分析就會煙消雲散。愛用這種家具，對他來說也只是一種妄念。

周伍一反常態，繃著一張臉出現了。他穿著和服，拿著一個大型牛皮紙袋下來樓。俊二覺得剛才端茶來、有幾分姿色的女傭，一看到周伍進來，表情頓時像蠟燭被吹熄了，立即退了下去。

主客兩人在椅子坐定後，默默地注視彼此。周伍冷不防將牛皮紙袋的照片與信件，倒在鋪著蕾絲桌巾的桌上，對俊二說：

「這是什麼？」

年邁的手太過激動而顫抖不已。霎時，俊二忽然想起一位站在百老匯劇場前、以顫抖的手攤開假珠寶的年邁贗品商。

俊二很快就明白這些血淋淋資料代表的含意。坦白說，他怔住了。但他絲毫不覺愧疚，只覺得別人把他心裡早已清理好的東西，誇張地展露出來，不勝感慨而已。他的驚愕單純只是，這些東西為何會在這裡。

俊二狡猾地笑了笑。他知道與其惶惶不安，不如面露微笑，這會給人年輕的好印象。

外頭下起了雨，雨滴紛紛打在窗框上，但周伍不想起身關窗，於是俊二輕鬆地起身說：

「我來關窗吧。」

周伍不掩怒氣大聲吼道：

「不用！開著就好！」

過了半晌，俊二以非常開朗的語氣說：

「我向您保證，我會讓朝子幸福，而且我有這個自信。」

「自信？具體而言是什麼？朝子可不能突然變成五歲小孩的母親喔！」

「這種事用錢就能解決了。這一點家父也明白。」

當俊二說到「錢」時，倒沒有那麼嚴重的噁心銅臭味。他只是模仿自己極為了解的父親的口氣罷了。此外，在這個還擺脫不掉想裝老成的年紀裡，俊二說出「用錢解決」這種話，也代表著在進行成人間的談話。

但周伍對這個輕薄年輕人口中吐出如此卑賤的言辭，感到不寒而慄。他看不起俊二的「人格」。歐洲風格的教養下所產生的偽善精神主義，在這位實業家的心中昂然抬頭了。周伍咬牙切齒地想：

「想不到他竟是這種男人……」

對於支配女人的心，厲害到猶如惡魔般的謀略家周伍，此時才發現自己對年輕男人的心一無所知。因為這位女性崇拜主義者，從不關心年輕男人的心思。

在他眼裡，這個青年用T恤的花俏條紋裝飾的胸部，是世上最低俗、最令人作嘔的東西。

「他是為了藐視我，才穿這種衣服來。而且還用這種推銷員的粗野胸膛抱過朝子。」

周伍想到這裡，眼前一片昏暗。他覺得自己正在向低俗且下流的現代潮流挑戰。

他忿忿地，宛如鸚鵡學話般重複這句話：

「用金錢啊……用金錢啊……但朝子不會因此而得救吧。」

「伯父（他如此稱呼）還真奇怪啊。一個單身男人即便有種種過去，但結婚以後，還是可以展開新生活吧？」

周伍以自己也認為古板的言辭辯駁：

「我原本可是想把朝子託付給純潔你的喔。」

「純潔？」俊二再度以強忍笑意的口吻說：「難道您以為我是個中學生？」

「朝子為了你的事非常苦惱。她已經飽受折磨了喔。」

「難道，伯父您，把這件事告訴朝子了？」

「我沒說。我雖然沒說，但憑我的直覺，她應該已經知道了。」

「我明白了。所以您找我有什麼事？」

「我希望解除婚約。」

「這是朝子的意思？」

「我還沒跟朝子談。」

「這就太專斷了。朝子絕對不會贊成解除婚約吧。」

「為什麼？」

「因為朝子愛我。」

周伍臉上露出無以名狀的苦惱。過了一會兒，他沉重地說：

「這個我知道。」

「既然您知道……」

「朝子和一般女孩不同。她是我投入全部心血所栽培出來的女兒。幾乎堪稱是我創作出來的藝術品。你不會明白，為了把她栽培到這種地步，我花了多少心力。」忽然，他目光一閃，對俊二丟出尖銳簡短的質問：「難道，你已經，跟朝子？」

「這一點請您放心，絕對沒有。您問問朝子就知道了。」

面對周伍的過度激動，俊二反而變得很冷靜。這個光明正大的回答，更大大舒緩了內心的緊張，說得意氣昂然。他甚至興起惡作劇的念頭，想好好消遣周伍那孩子氣般的浪漫主義。但周伍陶醉在自己的言辭裡，完全沒察覺到俊二的這種心機。

「總之，朝子必須幸福才行。她是我塑造出的完美女性，要是她淪於不幸，表示所有的女人都會不幸。這孩子是世上的幸福範本。我多年來盡心調教她，就是為了讓她能免於任何悲傷與痛苦。我無法忍受她的幸福有絲毫陰影。」

「可是，和我交往過的女人，每個都很幸福喲。即使現在也很幸福。因為我賦予她們了一種能力，無論在任何悲傷或痛苦中都能立刻找到幸福。就算那個五歲小孩的母親，她的後半生也能在不幸中找到幸福活下去。」

「我絕不接受你這種自以為是的想法。」周伍拉高了嗓門：「關於朝子，我絕不接受你這麼想。那種悲慘的幸福，和我說的幸福截然不同。」

「如果朝子接受怎麼辦？」

「朝子？不可能。」

「朝子應該會接受吧。因為她愛的不是伯父您，而是我！」

「你說什麼？」

「哎呀，您在嫉妒。」俊二沉著應答。他認為在進行分析時發怒的人，算不上現代人，因此在把周伍視為現代人的禮貌上，最好把這重要的分析清楚地告訴周伍。此時俊二露出極其和善的表情。他的臉上絲毫沒有惡意，若他的俊美有缺點的話，這就是最大的缺點吧。

「真是傷腦筋啊。我一開始就覺得怪怪的。您對朝子的感情，並不是父親對女兒的父愛。您愛朝子，但朝子愛我，這只是個很平凡的三角關係。」

「你太失禮了！」

周伍激動地嘆了口氣。這種異常的激憤，使得他看起來比俊二年輕。

周伍對人生有重要的思想，縱使看在世人眼裡是荒謬的思想。但對眼前這個年輕人而言，這世上沒有任何重要的東西。

俊二親切地笑了笑，暗自思忖：

「青春必勝，老年必敗。這是我在美國親身體會到的真理，這個老人卻不肯承認。我該怎麼做才能讓這個老人知道，我對他不抱任何敵意。」

但這位美男子沒有深思熟慮的習慣，立刻就脫口而出：

「我無意和伯父吵架。我只是想說，朝子一定會跟著我。」

「即使明知會不幸？」

「不，是為了追求幸福喔。」

「那孩子出生不是為了受傷或沾染泥濘！」

「您要這麼說的話，在某種意義下，她現在已經身陷泥濘了吧？」

「你說什麼！」

「因為她是在您偏執的泥濘感情中長大的。我要把她救出來。」

「你是個卑鄙之徒，令人厭惡不屑的傢伙。你根本不懂純粹的感情。」

「你的感情純粹嗎？就我客觀來看，那是不純，甚至可說是不潔的。」

周伍氣得滿臉通紅站起來，俊二一頓感驚愕。這個青年認為率直是一種美德，因此無法理解美德為何會惹惱別人。情急之下他擺出架式，心想若要動手，他也可以兩三下擺平對方。

就周伍自己而言，儘管在妻子身上，繼而又在女兒身上所寄託的小小的審美之夢，猶如精巧的玻璃工藝之夢被粉碎了，但也不明白自己為何會如此激動。他的夢想是靠平和建立秩序。在這個夢中，周伍理當可以高枕無憂。

此刻他的雙唇顫抖，因為激動而劇烈跳動的心臟似乎就要停止，已經完全喪失理性。

周伍握起拳頭。這是他生平頭一遭做出這種舉動。

俊二站起來，些微往後退。

「給我滾！滾出去！」周伍咆哮。

俊二嘴角浮現淡淡的微笑，轉身走出房間。

聽到那輛凱迪拉克駛離門前遠去的聲音，周伍眼前一片黑暗，倒在地毯上。

斑鳩一接到依子極為冷靜的電話。她以漠無表情的聲音，若無其事地說：

「我先生終於倒了。朝子在你那裡吧。請立刻把她帶回來。」

掛掉電話後，斑鳩一臉色蒼白地站起來，催促朝子出門後，自己也拄著楞杖拚命往前走，以看起來不像殘障的速度走下坡。

「怎麼了？出了什麼事？」

朝子問。斑鳩一沒有回答。

攔到一輛計程車後，兩人不到十分鐘便抵達木宮家，只見醫生在為躺在長沙發上的周伍打針。

朝子見狀險些暈倒，斑鳩一連忙抱著她。依子看到這一幕，以冷靜的口吻呼叫朝子。

「朝子，不可以讓那個男人抱。我的直覺果然很準。妳去這個這男人家對吧。我不是嫉妒才這麼說喲。」

母親溫柔地輕撫女兒的胸口，繼續說：

「這個人配不上妳。倒是剛好和我很配。朝子，事到如今我就跟妳說，從輕井澤以來，他就是我的情人了。」

朝子本能地抽離身子，看著斑鳩一。但斑鳩一並沒有看朝子。他拋開手中的柺杖，拖著宛如波浪起伏般可怕的跛腳，一跛一跛走向依子，抓起她的手臂說：

「夫人，有話慢慢說，妳太激動了。」

「說得也是。我們都慢慢地談過那麼多次了呀。朝子，妳不認為我們很相配嗎？妳看看我的灼傷。」

她站在夕陽西照的窗邊，指著自己臉上那片葡萄色的灼傷疤痕。

醫生戰戰兢兢地站起來。

「各位，請冷靜一下。木宮先生已經脫離險境了。他只是太過激動，導致心臟出了點問題。」

「那是當然的囉。」依子以冰冷的語氣說：「這個人怎麼會死呢？只不過誇張地故意裝死，讓我們稍微安心一下吧。啊，太好笑了！」

依子發出哭笑不得的勝利吶喊後，隨即和斑鳩一走出房間。

朝子俯視父親茫然的眼神。那雙曾經一直追著朝子跑的眼睛，如今有如小小的兩灘水，在朝子的下方泛著呆滯的光芒。

「家父不要緊了吧？」

「不要緊了。」醫生答道。

「請您到那邊休息吧。」朝子以振作的口吻說。

接著她向女傭使個眼色，請她帶醫生去另一個房間。

射入窗內的夕陽依然熾烈；庭院裡樹木反射著陽光，令人眼花撩亂。朝子拉上蕾絲窗簾，回到父親身旁，跪在地毯上。

「原諒我。」周伍不看朝子，以瘖啞低沉的聲音說：「我拆散了妳和俊二。為了這件事，我太激動而昏倒了。請妳原諒我。我害妳變成孤零零一個人。」

朝子正遭受另一樁感情的衝擊，無暇思考父親這個失算。但儘管父親誤會得很嚴重，卻也如父親所說，朝子確實變成孤零零一個人了。朝子決定不讓父親知道另一個醜陋的破局。

「原諒我。我知道妳深愛著俊二。但我看得出俊二會給妳帶來不幸，所以拆散了你們。」

朝子驀地驚覺，自己和父親的命運簡直是不可思議地殊途同歸。她覺得剛才受到的醜陋打擊絲毫沒能傷到她，一個不死之身、嶄新的朝子，在自己的心裡誕生了。朝子變成了絕對無法被人類悲劇或愛慾侵蝕，猶如大理石般堅硬、明澄、芳香的女人。

「爸爸，看著我。」朝子說：「我一點都不驚訝喔，我……」

周伍仰望女兒。

朝子雙頰泛著紅暈，雙眸也閃耀著美麗光輝。從窗戶吹進來的晚風，稍微吹亂了她的秀髮。周伍覺得，這簡直就是女神。

在難以形容的祥和中，周伍原本打結的舌頭變得靈活了，也有勇氣凝視女兒了。

「我們終於能兩人獨處了啊。」

周伍如此低喃。但朝子重複的這句話，縱使是同樣的話語，卻帶著更深的餘韻，使得周伍內心充滿神祕的幸福感。

「是啊，我們終於能兩人獨處了。」

接吻

詩人A習慣用鵝毛筆寫詩。他喜歡在晚上就寢前寫詩。自古以來所謂的抒情詩都是在歌頌愛情，因此他認為現在寫的也這種詩。

新月沉落在遠方的山丘
宛如妳淺淺微笑的唇形
妳的唇在森林彼方微笑
山丘上的森林彼方

疏落的森林宛如蕾絲扇子
透露出妳微笑的唇
扇子……

這個詩人究竟在想什麼？
今夜豈止不是新月，而且是難得的皎潔滿月。首先出現扇子也太奇怪了。因為現在是秋天，隨著夜晚來臨，拿筆的手背都會感到一股寒意。

其實季節錯誤的感覺也不算太明顯，但寫到「扇子……」突然停下來，讓人覺得整首詩猶如秋扇般，不合時節地落魄潦倒。此外這位詩人不是到了秋天只寫秋詩過活的所謂「才子型」詩人。他始終想不出佳句，將鵝毛筆抵在唇上。

這是個突來的動作。這個動作讓人覺得會引發靈感。但實際上出現的並非靈感，而是當光潤微溼的鵝毛在他唇上摩擦時，唇間產生一種微妙的、心神蕩漾的甜蜜感。

驀地，他從椅子起身，慌張地環顧四周，然後一臉不悅地又拿起剛才扔在桌上的鵝毛筆放進口袋裡，走向窗邊時差點被地上的威士忌空瓶絆倒。打開小窗後，凝望電車平交道的信號燈。過了半晌，詩人下定決心似的，扯下掛在牆壁鐵釘上的風衣，雙手粗暴地穿入衣袖，一頭亂髮也不梳理，只對掛得歪歪斜斜的鏡子瞥了半秒，便衝出屋外。

這是個滿月的夜，但附近街道已寂靜無聲。飄浮在天空的雲，宛如被月光雕刻出來的。詩人邊走邊想，如此耀眼的月光一定有X光功能。能清楚地照見人心所在，卻沒有治療能力。

他開始往斜坡頂上的房子走去。

有個怪異的女孩住在那間斜坡上的房子裡。她自稱畫家，還有個怪癖，只在夜晚的燈光下作畫。水果靜物確實在夜晚比較美，就和女人一樣。

她有很多男性友人。這些男人也都對她唯命是從。為了方便晚上來訪的朋友們，從庭院通往畫室的門從不上鎖。但只要她說送客，他們就會乖乖離去；若叫他們留下來過夜，就讓他們睡在用畫室椅子拼湊出來的搖晃硬床上。說這種失禮的話或許有待商榷（這話並無惡意，尚請見諒），但她是個身心純潔的女孩。

推開低矮的白漆門，一陣鈴鐺聲如露水般撒落開來。庭院裡種滿大波斯菊與大理花。紫紅色的大波斯菊，在夜裡看起來像漆黑的花。

女孩拉開畫室的窗簾看向庭院。由於她的臉背光，只看得見頭髮的輪廓，即使如此A就覺得很耀眼了。女孩認出A後，立刻打開畫室的門。

「……我正在畫靜物畫。很有趣喲。你在做什麼？快進來呀。」

「妳好。」詩人愣愣地打了個招呼。

畫室裡燈火通明，桌上那個熟悉的不鏽鋼咖啡壺反射出燦爛而冷冽的光芒。另一張桌子鋪著故意弄出皺褶的粗格子桌巾，上面胡亂擺著蘋果、梨子，還帶著青綠的橘子、柿子和葡萄。

「只畫蘋果和梨子如何？不然這樣會變成水果店的廣告。」

詩人不經意說出這句玩笑話。但話一出口，他覺得從自己房間小心翼翼帶來的某個東西，一個不留神摔得粉碎了。這個「某個東西」是什麼呢？他自己也不清楚，只是頓時感到一股深沉的絕望，整個人軟弱起來。

「閉上嘴巴靜靜地看吧，笨詩人。你的詩連葬儀社的廣告都不夠格呢！」

少女下垂的柔軟下巴成了雙下巴，一邊訕笑一邊殘酷地揶揄他。她坐在低矮的三角椅上，左手的手指勾托著調色盤，再度聚精會神投入水彩畫。詩人覺得這幅畫有如小學生的畫，帶著天真與豐富。但就美的觀點來看，那擠在白色琺瑯調色盤上、宛如彩虹般的色彩比她的畫更美麗。而且調色盤指洞中露出的玫瑰色活生生手指，更增添了整體色彩美。

詩人趁著女孩專心作畫時，目不轉睛盯著她微噘的唇。那是比認任何水果更具水果味的唇。她會答應嗎？只要吻一秒就好。吻到之後我就立刻逃跑。

女孩似乎有些受不了這位沉悶的客人，拿顏料的動作顯得不耐煩，作畫絲毫沒有進展。她看起來像是有點歇斯底里的人，忽然把尚未溼濡的畫筆放進口中，喀吱喀吱咬了起來。於是畫又停滯了。忽地，她又將畫筆的筆毛拿開牙齒，開始無意識地撫刷嘴唇。

詩人不由得露出如痴如醉的表情。

女孩身體依然向前微傾，以稍欠溼潤的嗓音說話。畫筆不知何時已經沾上緋紅色的顏料，在畫蘋果的肌膚。

「這麼晚了，你來做什麼？」

「因為詩……我的詩，一直寫不好。」

「跟我一樣啊。不過還是各自分開努力，效果比較好。你要不要回去了？」

她以獨特卻不帶惡意的微笑望向詩人，隨即看到他的上衣口袋露出一枝很長的鵝毛筆。

「怎麼？你打算在這裡寫詩啊？」

「妳怎麼會這麼想？」詩人一時沒回過神來，循著少女的視線看到自己口袋裡的鵝毛筆，頓時像少年般羞紅了臉。

「啊，這是帶來送妳的禮物喲。」

「這樣啊，謝謝。」女孩狡黠地笑了笑。「那我畫完這幅畫，把這些水果送你當回禮。」

「啊，可是我想要的是妳這枝筆。」詩人豁出去地說。這回臉色變得有點蒼白。

「這枝筆？」她仔細端詳夾在纖細手指間的畫筆。「這有點為難耶……不過，算了，你要就送你吧。」

於是詩人留下了心愛的鵝毛筆，帶著她曾撫刷嘴唇的紅色畫筆，獨自蹣跚地走在月光斜照的路上回家了。此外沒有發生任何事情。作者為何將這個故事命名為「接吻」，有人懂，或許也有人不懂吧。不過懂不懂都無所謂，作者只是想在故事結尾附上伊索寓言般的箴言，那就是：

「女孩啊，請和詩人交往吧。因為沒有比詩人更安全的人種。」

傳說

青年娓娓道來——

十三年前，我十五歲那年，適逢春假，父母帶我外出旅行。

我們去參觀M島，預定那晚搭汽船離開H市，前往九州一處叫「B」的溫泉小鎮。但很不巧，那晚H市舉行防空演習，電車像瞎子似慢吞吞地行駛在黑暗的路上。每當警報響起，電車就立刻停下來。我們好不容易抵達碼頭時，果然已經太遲了。船公司的人拿香菸的火，氣定神閒地帶我們去黑暗的碼頭。

那晚星空閃爍，彷彿在嗤笑地面上愚蠢的防空演習。母親將披肩掛在手上，愣愣地站著；父親也默默地抽著菸斗。我坐在碼頭的皮箱上，無所事事眺望著海面。

海上的汽笛。遠處的明滅燈火。

我心中想像著，此刻我們應該在豪華的船艙裡，嚮往已久初次航海旅行的船艙裡。我的眼睛清楚地看見，航行在暗夜大海逐漸遠去的一個華麗空虛的密室；沒有半個人，點著明亮燈火的密室。

那時，我想到一件事，臉頰不由得灼熱起來。我一生一次的邂逅、能彼此奉獻心靈與身體的女孩，就在那艘船上。只要搭上那艘船，我就能與她相會，廝守終身永不分離……但父親的一句：「好了，走吧。」把我喚醒了。

外海的綠色燈光，在我含淚的眼中暈染開來。

「……我沒來得及搭上那艘船。結果我沒見到她。或許我一生都見不到那個女孩了……」

——少女帶著神祕的表情，靜靜聆聽青年的故事。編結的長髮垂在胸前，以古時少女撫摸胸前十字架般，輕輕地撫摸秀髮。然後驀地，漆黑雙眸中出現猶如篝火燃燒般的驚愕與喜悅，少女凝視著青年娓娓道來——

那一年。那一天。那同一個夜晚。

那時我五歲。當時我們全家住在父親的任職地H市。靠近B鎮的S鎮……是我父親的故鄉。那天S鎮來了一通電報，告知祖母往生的噩耗，於是父母連忙準備趕回S鎮。我們在那晚搭汽船離開H市。

至今母親也常提起這件事，說船一出發我就開始哭個不停。那種哭法簡直像大人在惜別，一個五歲的小女孩，毫無理由竟然哭成那個樣子。

「大概是第一次搭船嚇壞了吧。」

父親因為祖母的死訊心急如焚，完全不理會我的哭泣，而且嫌吵般地走去船尾的閱覽室看雜誌。因為我哭個不停，母親只好坐在船艙窗邊的椅子上，讓我站在她腿上看窗外的夜海。她想讓我看海上浮動的燈火，轉移注意力。

我穿著一雙小紅襪，母親大腿的溫暖透過襪子傳到我腳上。我記得我那娃娃頭的頭髮，貼在我那滿是淚水溼答答的臉上。

「妳看，前面有一艘船經過喲。很漂亮吧，像節慶一樣耶。」

我稍微停止了哭泣，盯著母親的臉看。因為是透過淚水看的，母親的臉顯得格外晶亮白皙。

「我們家在哪裡？」

「妳是在哭這個呀？早說嘛。我們家在那邊呀。崎嫂和狗狗在看家喲。崎嫂還說她很羨慕妳能來坐船，好棒哦。」

「我們家在哪裡？」

我不滿意母親的回答，又哭了起來。我不相信我家竟然在這種吵雜的夜晚海上那一邊。不只這樣而已。我說「我們家在哪裡？」其實好像不是在問母親我們家在哪裡。我不知道該怎麼說，只是很傷心，哭得像小羊一樣。那時我到底想說什麼呢？

如今我明白了。那是因為沒能見到被留在港邊的你，一股奇異的力量使得幼小的我哭個不停。生平第一次無法挽回的離別，尚未見面的我們的離別，使得我哭個不停。

「事隔十三年，我們還是相會了啊！」

青年將少女如百合般的小手，放在自己樸質渾厚的手掌上，如此吼道。

「真的像傳說一樣啊。」少女低喃地說，帶著寧靜力量的眼神仰望青年。「可是這樣傳說就結束了吧。我們創造出來的傳說就此結束了。如果我們沒見面，傳說就能永遠持續下去。」

「不，還沒結束。」青年憐愛地安慰少女的不安。「我們會永遠活在傳說裡。我們的相遇是個開始，並非結束。其實我們還沒真正的相遇呢。那一夜我所呼喚的『尚未見面的妳』，和害妳哭泣的『尚未見面的我』。」

「可是這兩人見面的話，傳說就結束了吧。」少女依然不安地問。「讓這兩人永遠不要見面吧。為此，我們該怎麼做才好？」

青年忽然緊緊擁抱少女，溫柔地撫摸她那如鹿般溫馴的背，在她耳畔細語：

「只要像這麼做就好了。」

天鵝

拉開窗簾，外面一片雪白世界。邦子睡眼惺忪，宛如夢的延續般，茫然看著依然紛飛的雪花之際，驀地想起了什麼，臉上霎時神采奕奕。她一直有個願望，希望在下雪的清晨，而且是下得很大的時候，去騎天鵝。「天鵝」是N騎馬俱樂部裡僅有的一匹純白駿馬。不趕快去的話，說不定會被同樣想法的會員捷足先登。平日早上醒來時，邦子總會感到些許不安，不知道今天要做什麼。唯獨今天，她毅然決然「從床上一躍而起」，尤其今晨特別有精神。漱洗後立刻換上外出服；白色毛衣的騎馬服，白色的騎馬褲，唯獨長靴不是白的。但連手套都是白色小牛皮製，即便這雙手套不是騎馬用，但有著優雅細長的指形。可能是剛起床身體還熱熱的，手腕碰到手套的金釦感到一陣冰冷。邦子站在鏡子前打量自己一身雪白裝扮，宛如已經騎馬馳騁般，雙頰泛起玫瑰色紅暈。

如此持續一個多小時的夢幻心情，在進入俱樂部的休息室時崩潰了。休息室的入口黑板，以粗獷的粉筆字寫著：

「天鵝」——高原

高原也是這裡的會員，但邦子從未和他交談過，他是個沉默的青年（但邦子也是現在才知道他叫高原）。他穿著白色馬裝，背對著邦子。那個背顯得沉默而結實，一邊就著暖爐取暖，一邊用馬鞭敲打暖爐。邦子主觀地從他的背感到一種難以言喻的惡意，頭也不回地離開休息室，但急遽右轉發出的馬刺聲太過情緒化，高原終於察覺而回頭一看。

「啊，堀田小姐。」

高原叫住她。他敏銳的聲音與外型不搭。邦子沒想到他知道自己的名字，驚愕之下駐足回頭。高原大剌剌地盯著邦子一身雪白的裝扮，露出一臉「原來如此」的會心微笑，一邊朝著黑板走過去，一邊說：

「我不騎天鵝也沒關係，讓給妳吧。」

邦子不禁露出「啊，太好了」的笑容，察覺之後羞得滿臉通紅，但也覺得剛才高原成熟的微笑裡不帶傲氣，對他產生了一絲好感。邦子客氣地說：

「啊，怎麼好意思……畢竟我是晚到的。」

高原會這麼一大早趕來，在黑板上寫著大大的字，正如邦子今晨起床所擔心的，一定是和她抱著同樣的夙願。

但高原就這樣以沉默的背背向她，默默地用板擦擦掉「天鵝」二字，寫上其他馬匹的名字。這種雲淡風輕般的好意，讓邦子覺得自己宛如被排除在外，不僅樂得輕鬆，甚至覺得好笑。她愉快地望向窗外，一片雪茫茫的馬場裡，唯有藍色柵欄顯得格外醒目。

天鵝被牽出來時，畏懼大雪，鼻孔怒張，吐出比白雪更白的氣息。但騎上去走著走著，牠的步伐就恢復了平日行雲流水般的靈活快速。邦子從拉著馬轡的優雅白手套，想像著自己一身雪白模樣，但雪花剛好黏在睫毛上妨礙了視線，使她覺得自己的想像受到了阻撓。年輕女孩不會因為知道有人在看她而變得侷促。但身體忽然僵硬起來，就表示她知道有人「緊盯著」她看。

這裡有兩座大小相同的馬場連在一起，也可以經由中間的通道在兩座馬場中做8字形的騎馬運動，但高原一直沒進入邦子的馬場。從雪中看過去，他騎的栗色馬顯得格外豔麗，尤其在練習剛學會的慢步小跑瞬間跳躍時，肌肉彷彿銅馬般充滿躍動感。高原騎在馬上時而往這邊看的眼神，宛如雪地裡燃燒的一點火光。

邦子直覺高原絕對不會進入這個馬場後，明明在只有一個人繞圈的寬敞馬場裡，卻覺得好像在高原扔下的圈圈裡繞圈子，狹窄得不可思議，甚至有時覺得只是在他的手掌心奔馳。困在這種奇妙的想像框架裡，使得她焦慮不已。再加上高原把「天鵝」讓給她的虧欠感，更使她今晨的開朗也蕩然無存了。

騎了三十分鐘左右，邦子忽然在兩座馬場的分界線下馬。但從馬上跳下來時，穿在長靴中冰冷的腳，像踩到釘子般痛了起來。當她抬起痛苦不堪的臉，高原察覺到有異樣也騎了過來，從馬上投來強烈的眼神。邦子覺得很不甘願，表情變得更僵硬了。

「我要回去了。你要不要騎『天鵝』？你那匹馬，我幫你牽回馬廄。」她說得直截了當。

「我並沒有那麼想騎『天鵝』。」

「可是……」邦子因無法操控高原的感情而氣憤，但對自己臉上露出這種怒意也感到一種痛快。「『天鵝』還不累，牽回去會被別人搶去騎喔，這樣你也無所謂？」

「難道『天鵝』非得我騎，否則牠不高興？」

「你也太自負了吧。」

高原忽然以粗獷的動作下馬，踩得雪花四濺，站在邦子面前。然後吐了一口氣，用左手將滑雪帽往上推，霎時額頭冒出了熱氣。在連下雪聲都聽得見的沉默裡，兩人凝視彼此，不久高原發現額頭流下汗水，掏出手怕拭汗，將視線轉向別處說：

「好吧，我們來換馬。不過接下來，我可以和妳在同一個馬場騎嗎？」

這時邦子才察覺到，原來高原的馬也從剛才就在她白色小牛皮手套的掌握中。當她溫柔地把馬轠交給高原時，宛如將什麼重要東西交給他，感到一股甜蜜的空虛。

高原輕撫天鵝的頸部時，牠在飄落的雪花中，神經質地抽動耳朵，吐出如雲霧般的白色氣息。那白色的馬背上，宛如長出了巨大白色翅膀。

在暖爐烘得有些悶熱的休息室裡，兩、三個衝著雪來的好奇會員正在高談闊論，當他們看見高原和邦子在門口，開心地相視而笑、拍掉身上的雪花，雙雙進來時，頓時都看傻了眼。邦子發現其中有位認識的女性友人，一邊拍著剛脫掉的手套，一邊走過去。

「妳整個頭都白的喲！」對方先開口說。

邦子像馬兒般搖晃身體，突然又抬頭擺動，雪片像煙火般落在這些人的腿上與暖爐上。那位女友連忙挪開大腿說：

「妳很粗魯耶。妳剛才騎了天鵝嗎？」

「對啊。」邦子說完回頭對高原微笑：「高原先生，我們兩人剛才騎天鵝騎了很久吧。」

「今天騎天鵝騎得很過癮啊。」

在場的會員露出驚愕之色，難道這個淘氣女孩和青年共騎一匹馬？不知不覺中，高原和邦子都覺得有兩匹白馬，兩人完全忘記了栗毛馬的存在。

天底下的情侶經常會忘記栗毛馬的存在。

哲學

一棟全都住著與某宗教團體有關的男生單身宿舍，在戰爭亂世裡收了宮川這種無神論者，也是一種因緣吧。說到因緣，他是就讀附近大學哲學系的用功學生，而他能被分到這棟宿舍唯一一間、窗戶面向女子中學後方的房間，也是某種因緣吧。

這名男子對世事無動於衷的程度，已經到了他所謂的「Nil admirari」（對任何事物都無動於衷）驚人地步，即使女子中學後院發生了爭風吃醋的事件，他的眼睛也不會離開書本。即使知道滿懷幻想的女學生，從樓梯間的窗戶透過高大銀杏樹梢凝望著他，他也覺得事不關己。但某個秋高氣爽的午休時間，宮川從學校回來吃午餐時，看見對面頂樓上的一場表演，首度讓他膽顫心驚。

一位苗條的女學生站在高約及胸的頂樓圍牆上，攤開雙手像老鷹般保持平衡，開始在寬約一、兩尺的圍牆上行走。那是一棟三層樓的建築物，下面的後院也是水泥地。五、六個朋友在圍牆邊尖叫：「不要命的女學生！」白色緞帶在風中飄揚，這個瘋狂的女學生走完了全程。圍觀的人響起熱烈掌聲。這個女學生雖然只在圍牆上走了十秒或二十秒，但宮川覺得像一小時。他感到疲累至極，差點把剛才吃的玉米麵包吐出來，突然聽到女子中學的音樂教室傳來「布穀，布穀」的輪唱聲，更使得他心煩氣躁。這是從未發生過的事，這一天他整天都無法看書。

不知何方惡魔搞的鬼（畢竟惡魔向來與和大學生很有緣），這種驚悚的表演竟然在秋高氣爽的季節，連續三天，在同一時間上演。就哲學者而言，宮川的是視力算是很好，連少女的細緻臉蛋也看得很清楚。終於到了第三天女子中學放學時，他在校門口徘徊，為了等那個瘋狂的女學生。繫著白色緞帶的她，哼著*To each his own...*的甜美爵士歌，在同學的簇擁下走出校門。

「你叫我？」她被喊住時，故作一臉正經樣。但這張倏忽擠出的正經表情，比起她的笑臉，更讓宮川想起在做驚險特技時緊張的她。

「就是妳。明天起，請妳別再做那種危險的舉動好嗎？看到那種舉動，我整天都讀不下書。妳已經害我整整三天無法讀書了。」

旁邊兩位女學生強忍笑意看著泫然欲泣的宮川。

「這麼討厭的話，別看不就得了。」

「那可是午餐時間喔！又是這種好天氣喔！難道妳叫我關上窗戶、拉下百葉窗，把自己悶在房間裡？」

「哦。」少女像鴿子般聳聳肩，沉思了半晌後說：「好，那我停止吧。」

「妳答應了？謝謝妳。各位，再見，失陪了。」

就這樣，他平靜的生活又回來了。

但過了三天之後，放學途中，當他走在夕陽下宛如老照片的古老街道時，看到一對情侶從住宅區的小巷走向電車行駛的大馬路。其中一人，從後面看是走路方式很瀟灑的年輕人。宮川也知道這種走路方式與哲學是二律背反。另一個肩上飄著眼熟的白色緞帶，宛如一對蝴蝶在薄暮中翩翩飛舞。

於是宮川的心臟發出猶如倒葡萄酒咚咚咚的聲音。他忽然想起，這種心情和觀看那個頂樓危險特技的心情一樣——

他隨尾在兩人後面，發現只有男子搭上剛好停在車站的都電，兩人便淡淡地道別了。宮川見狀安心了點。但這一安心卻讓他失去和少女說話的機會。為了跟丟的少女快速離去的運動鞋，他趕緊又跟了上去。少女轉過街角，經過兩、三戶人家，走進一棟古風洋樓裡。他盯著門牌看了兩、三分鐘才離去。

為什麼妳要讓我痛苦，妨礙我唸書？難道妳對我帶著怨恨之類的感情？我在傍晚看到妳和一名男子親密地走在路上，送他去搭車。這和我看到妳那個驚險的表演一樣，都體驗到等量的痛苦。但這一次不是妳的錯，我什麼都不能說，可是在我精神生活造成了傷害，這點完全一樣，因此我認為我有權提出抗議。我想效法我敬愛的哲學家齊克果，在兩種痛苦中選擇

一個。但無論對妳的危險表演，還是與男人交往一事，我都無力左右，所以我要把這個選擇權讓給妳。給我危險的小鴿子。——宮川

作者不知道宮川究竟想從這封信期待什麼。總之他焦躁盼望了四、五天，結果書又讀不下去了。

秋高氣爽的美好日子又來了。玉米麵包難以下嚥。在極其煩躁的情緒下，沒什麼事也燒起開水，把茶壺裡的水在電熱器上煮得沸騰。當他倚窗眺望天上的雲朵時，對面樓頂傳來熟悉的嬌滴滴聲音。

一位穿著深藍色裙子的女學生，跳上了圍牆。

霎時，宮川不知為何憎恨起這位少女。她猶如老鷹般展開雙手，開始以美麗的身體凌空行走。十秒像三十分，二十秒像一小時那麼漫長。這驚恐而漫長的二十秒間，宮川猶如誦經般在內心不斷頌唸的只有一句話：「掉下去！掉下去摔死吧！」靠著這句話，他以出奇平靜的心情度過了這漫長的二十秒。

白色緞帶輕飄飄地跳下圍牆的那一邊，再度傳來少女們鼓掌喝采的歡聲。

這一晚，他一邊啜飲開水（他不抽菸）一邊用心寫日記。

「無法做出選擇的人，也就是她，真是個可憐蟲。黃昏的時候，大概又會看到她和那名

男子在哪裡散步吧。明天起，到了中午她又會開始表演這項特技吧。

「但是，我已經不在乎了。因為我選擇了她死亡。換句話說，她活著所帶來的一切痛苦，我已經沒感覺了……」

翌日清晨，宮川被發現自殺身亡。前一夜寫的日記已被塗抹得亂七八糟，另一頁以大到驚人的字如此寫著：

「雖說我選擇了她死亡，但仔細想想，這也等同我選擇了自己死亡。永別了，人生！」

這就是所謂的失戀自殺。

蝴蝶

一

萬一在她日夜盼望的平卡頓到來之前，衰老就先到來了怎麼辦？衰老至少不會像平卡頓對她那麼無情吧。從戰場回來聆聽的第一場音樂會上，清原浮現這種想法。清原有補給軍官的資歷，因此在四十歲時又被徵召入伍，兩年前喪妻。他本是身體強健與遊手好閒能奇妙平衡發展的貿易商嫡子，拜年輕時的生活所賜，擁有社交天分，出征後主要的任職地為台灣，在當地的紳士與商賈間頗為活躍，受歡迎的程度甚至引來軍方嫉妒。但其實他深愛孤獨。清原從年輕就知道，擅於社交的年輕人有時會**嘲諷般**地讚美孤獨，為了不以這種花心的方式愛孤獨，他刻意讓人覺得是個愛玩的年輕人。二十幾歲時，他很驕傲地確信自己沒有讓任何女人痛苦過；三十幾歲時，他看見自己身旁的妻子經常受苦，因此覺得二十幾歲時明知故犯做下的各種無傷大雅的遊戲，每一個都是過失，每一個都是錯誤。二十幾歲時的他，若明知壞事還做的話，那是因為他確信一切都是好事！他之所以能讓每個女人毫無顧慮地陶醉，正是來自這種年輕而錯誤的確信吧。

妻子死後，他被派到南國做閒差軍務的幾年中，他沒有讓任何女人受過苦，覺得自己開朗的靈魂又復活了，感到滿足而自信。但清原有所不知，這表示他的靈魂已被偷偷換成柔和且安息的靈魂，沒有能力再讓任何女人受苦了。

例如來聽這場音樂會（尤其是音樂會，他從年輕時就習慣獨自前去），他沒有攜伴，獨自走過薄暮的H公園而來。那是個冬雨初歇，一九四六年三月二十一日傍晚的事。

舞台上站著頗有名氣的年邁女歌手。據說戰爭期間她疏散到山中湖畔，清晨站在湖畔唱歌時，枝頭上的鳥兒們也會飛來配合她唱歌。她所扮演的蝴蝶夫人，是舉世蝴蝶夫人的夢幻形象。但今晚的音樂會，她唱的不是那首閃耀動人的〈美好的一日〉，而是舒伯特一首流麗卻難度極高的〈美麗的磨坊少女〉。

在兩座六折的金色屏風前，放著鋼琴和綠色椅子。近日即將動手術而抱病登場的她，卻沒有坐在椅子上，而是難受地倚著鋼琴。她穿著一襲白底扇紋華麗的長袖和服，繫著大紅腰帶，戴著快要使手指彎曲的沉重戒指閃閃發亮，昔日如吉祥天女般的雍容華姿，因為生病衰老，看起來像昨日夕顏花[5]般褪色了，但以老醜來說也太過耀眼，是一種只能說美麗的醜——大正時代的音樂評論家，曾把她和T・S女士相提並論，稱之為「瘋狂的首席女高

5 又名葫蘆花或月光花。

音」。實際上她的生涯確實有些瘋狂，就像那位蝴蝶夫人。

儘管如此，這個穿戴極盡奢華能事的病弱身體，卻發出如黃鶯出谷般的悅耳歌聲，簡直堪稱魔術。想唱出那宛如**神靈附體**般嘹亮清脆的歌聲，再怎麼不願意也得開口。縱使她的肉體已然老朽，但唯獨聲音像是個永恆不變的帶肉假面。聽她唱歌時，人們只看見一個精緻美麗的假面。

……小河河畔的

花朵也低著頭……

她唱到這裡也微微低著頭，伸出雙手擺出小河流水之勢，舞台上隨即傳出潺潺流水聲。當她手上的鑽戒劃過空中，清冽的空氣便化為流水般，出現一條柔和的小河閃閃流動。在小河邊，花朵低頭在風中搖曳。她用孩童般的小手愛撫花朵，所有的花朵瞬間復甦，宛如浮在水面的油，擴散成鮮豔的彩虹。

忽然，清原夢幻般聽到昔日深愛的旋律〈美好的一日〉。這種聯想或許來自能自由自在引發幻影、這位魔術師般歌姬的妖幻能力。聽她唱〈美好的一日〉，眼前會歷歷如繪浮現海水的顏色，有如真正的海之精靈降落在簡陋不堪的海洋布景中。蝴蝶夫人的眼睛已不像日本女人的黑色瞳眸，在日復一日的望海中，連瞳眸都染成了湛藍。而此刻彷彿有什麼預感般，面對連臉都被染成海洋色的落幕悲劇前，她目光陶醉地投向燦爛的湛藍大海。載著悲劇而來的船。這是蝴蝶夫人清澈湛藍的瞳眸所招來的。她等待的其實不是平卡頓，而是悲劇，是死亡。她日復一日等待的……

就在此時，這位剛唱完河邊搖籃曲的歌姬，抱著玫瑰花束（那是被抱起來顯得冷清的小花束），以甜美的聲音向觀眾介紹，與自己同台演出的帕德列夫斯基、卡魯索、夏里亞平、傑利等，有如寶石般璀燦的名字，然後說：「可是，享譽國際的我在日本卻受到冷落對待，我的名字好小……」她閃動戒指，做出看顯微鏡的動作，「……若不探頭仔細看，根本看不到我的名字。」在她的幾個情人裡，沒有一個比得過她鍾愛的名聲。她以女人細膩的愛，深愛著名聲。滿堂喝采的瞬間，才是她無上高潮的瞬間。她曾聽過全界各地的人，宛如護身符般低吟她的名字。她的名字曾被裝飾在古義大利許多都市的典雅徽紋上。她的船在羅馬數千朵玫瑰的芬芳告別下離開直布羅陀後，在地中海的夜展現前所未有的壯麗星空為她送行。不久她站在朝霧瀰漫的甲板上，看到海的另一邊出現美國最初的影子時，猶如夢幻般看見許多群眾站在那裡鼓掌，也聽到那裡傳來如海濤般的喝采聲。

「上次演唱會的時候，我還能自己搭電車；但這次要請人揹著我，才終於來到這裡（她說「終於」二字時，聲音柔美到令人陶醉），真是傷腦筋。前年勞軍之後，我罹患了盲腸炎，最近肚子長了一個大瘤，這個星期內要決定是否動手術。如果痊癒的話，我想在六月唱《蝴蝶夫人》。要是治不好的話……治不好的話，這就是最後的演唱會了。」

語畢，她用深紅縐綢做的襯衣袖口拭淚。那袖口象徵著明治時代女性，幾近病態不顧一切的熱情。她將花束放在椅子上，倚著鋼琴，舞台的腳燈殘酷地照出她布滿皺紋的喉嚨。

她的「別離曲」唱的是沒有伴奏的〈甜蜜家庭〉。她的低迴清唱，使得眾多女性觀眾連忙掏出手帕。這歌聲令人聯想到希臘悲劇的舞台上，經常出現的無聲無息的希臘天空，也是一首帶著不祥悲哀的曲子。而這歌聲也讓人想起戀情破滅的莎芙，在阿芙蘿黛緹女神前面熊熊燃燒篝火，頭戴月桂冠、身穿深紅衣裳、手持黃金七絃琴，輕聲吟唱臨死前的最後讚歌。只是眼前這位是年老病衰，承受不了月桂冠與深紅衣裳的莎芙。

演唱結束，她即將離去。在弟子的攙扶下，抱著稀疏的玫瑰花束，步履蹣跚地緩緩退場。退場過程中，她多次回首向不停拍手的觀眾們點頭致意，臉上洋溢著旁若無人的陶醉表情。當她閉上眼睛、微微抬頭時，世界在這瞬間彷彿化成一片掌聲。她將孩子般的耳朵，側向充滿喝采的廣大音樂會場。就在這一瞬間，她的臉上出現了令清原顫慄的濃豔肉感美……

二

……三浦環女士這一幕華麗的退場姿態，看在我眼裡猶如一隻垂死的蝴蝶。華麗的翅膀灑著亮晶晶的鱗粉，卻也無法隱藏翅膀上慘不忍睹的破裂，就這樣徬徨徘徊著。大而無神的藍色眼睛，閃耀著漠無表情的海。觸角空虛地抬起又沉落。在如漣漪般逼近的美麗臨終顫抖中，蝴蝶就這樣死去了。

事隔幾年或幾十年後，我之所以寫這封信給妳，或許是看到蝴蝶奇異死亡所引發的、一直困擾著我的某種不安。像是孩提時期，每當清晨醒來，讓我們想盡情哭泣那種生之歡愉的不安；也像是新鮮的追憶一定會帶給我們的甜美悲劇的不安。這種不安，想必是二十年前的一晚、蝴蝶夫人回憶突然喚起的不安。那個讓人聯想到日本菊花時節的方格花紋連成一排的正方形愉悅紙門、前襟左前的和服、眼睛上吊像狐狸長相的五郎，當時還很年輕、看起來像十五歲「扮家家酒年齡」的環女士的蝴蝶夫人，以及看著這些的我們。當時的日本就是如此奇異而輕快的國度，每天生活都充滿了童話風的忙碌。這也難怪，我在趕赴戰場前整理抽屜時，找到一張斯卡拉歌劇院的節目說明單（當時或許沒有仔細閱讀），發現上面有著奇妙的解說：普契尼的《蝴蝶夫人》，地點：日本長崎，時間：**現代**。

當時我大約二十歲，還是個高中生，但休學了半年，和父親一起踏上環遊世界之旅。父親在一年前喪妻，也就是我的母親。不惜中斷獨生子的重要學業也要帶他去環遊世界，父親的這種心情，在我多年後自己喪妻時也終於明白了。

我想父親是沉醉於實際存在的光怪陸離無常裡。並非思考上的，而是在感覺上擴展開來的這個「世界」巨大的徒勞。一旦離開後只會成為一個記憶留在我們生命裡的許多名聲響亮的地名。這些地名象徵著幾世紀的歷史與故事，以及當地居民無數悲歡喜樂的生活，但看起來卻比實際存在過的妻子更為稀薄虛幻，因此父親得到了雙重滿足，亦即妻子的死也和旅客們爭議的無名港口一樣微不足道。再加上妻子死亡的無常，足以抵過生命的無常，這種異樣的喜悅帶了這種雙重滿足。但旅途中逗留在港埠或大城市時，父親不見得是個親切、善解人意的父親。

「你失去了一個人，但我失去了兩個人喔。」父親稍微能開玩笑的時候，有次將早報扔到一旁，認真地看著我說：「你失去了母親。但我失去了你的母親和我的妻子。」

每到一個地方，父親和我除了享受一些無傷大雅的遊樂，其他都是各自行動。但父親派了一位嚴謹耿直的中年秘書跟著我（不知為何，父親愛用無能之輩當心腹），當我的監督人。

我們在拿坡里登陸，直接到羅馬住了一陣子。我說想去米蘭，父親立刻答應，並拜託大使館寫了給米蘭領事的介紹信，讓我和秘書先行前往米蘭。不料大使館的人說，領事現在前往瑞士出差，有關導遊一事會請領事夫人安排。我們聽從父親的指示，住進米蘭曼佐尼街上的一間大飯店。但我已厭倦了觀光，所以在父親來之前，我打算窩在飯店裡睡覺。待在這座擁有許多名勝古蹟的城市中，竟然無所事事地度日，彷如探險家進了寶窟卻什麼都沒弄到手，只是在那裡睡覺，有一種奢侈的快感。所以儘管我隨身帶著大使館的介紹信，卻讓它形同一張廢紙，也不覺可惜。

但某天下午，正好秘書出去買東西，我也閒得發慌想散散步，就去看看離飯店近在咫尺的波爾迪．佩佐利美術館。聽說那裡展示著波提伽利名聞遐邇的聖母像——蘊含著維納斯般的異教面貌，有著成熟果實的豐醇，卻在灰色皮肉與蒼白花朵上蒙著死亡的陰影。瓦爾特．佩特曾說：「他畫過好幾幅聖母像，但好像害怕緊抱耶穌似的，總是以明顯的低調，追求更為溫馨、更為內斂的人性。」當我站在美術館裡，一邊享受閑雅的塵埃氣息，一邊陶醉地欣賞這幅畫時，忽然聽到後面有人輕聲地用日文說：「哎，真是令人不舒服。」但那猶如祕密般的輕聲，正透露出一種罕見的高貴氣質。我驚愕地回頭一看，對方似乎也因為我是日本人而面露詫異。

穿著適合南歐深秋的黑天鵝絨外出服、佩戴華麗首飾站著的妳，讓我忽然想像起尚未看過的義大利許多湖泊；科摩湖、馬焦雷湖、盧加諾湖、加達湖等典雅風光。蕾絲手套，使我想起夕陽下湖畔森林裡纖細的枝枒。首飾令我聯想到閃亮的金星。黑天鵝絨襯出的光潤高聳**胸部**，則不禁讓我聯想到深夜湖泊充滿了內在力量、朝著星空而去，那寧靜而燃燒般高漲的湖水。

——直到妳同伴的日本人，那個五十開外、看起來忙碌而愉快的紳士開口打斷了我的夢想。

「先生，不好意思，你是日本人吧？」他開口對我說話，得宛如在誇獎我是日本人。我們趁機彼此自我介紹。當我看到妳小小的名片寫著「黑田華子」，立刻知道妳是黑田領事（妳以前的丈夫）的夫人。我突然覺得那封介紹信變得很有價值，連忙從口袋裡掏出來。於是妳說，剛剛好，今晚斯卡拉歌劇院上演《蝴蝶夫人》，還有一個空位，到時候妳也想聽聽我父親的旅遊計畫。妳還說身旁的紳士也會一起去，問我有沒有攜伴？當我想到那位常把嘴巴抿成ㄟ字型的死腦筋秘書，便毫不遲疑地說：「沒有，只有我一個人。」

歌劇院同樣位於曼佐尼街上，從飯店走路就到了。但七層樓華麗劇院給人的印象，也抵不過人心任意捕捉的強烈印象，正所謂「所羅門的繁華也不如一株百合花」。我有時甚至認為，被拿來和一株百合花相比，所羅門的繁華也很偉大了。當時的斯卡拉歌劇院，對我恰似有這種作用——那位陪妳一起來的紳士就坐不久，侍者拿來一封緊急信件，因此他在序幕中途便離席了。妳和我就這樣尷尬地坐在昏暗的樓座，而第二幕就開幕了。

妳也知道第二幕開幕時，會唱那首〈美好的一日〉。扮演蝴蝶夫人、昔日年輕的三浦環女士，背對著舞台上透氣採光的方格子露出的湛藍海洋，帶著幾分滑稽的鄉愁與認真的憧憬混淆而成的、猶如天方夜譚般的妖美裝扮，開始唱起〈美好的一日〉……海面上彷如燃燒著願望所凝聚成的火光，白晝耀眼的陽光照射著或許已經從水平線出現的船影，但也或許被無情的陽光掩蓋了，整個風景顯得強烈而潔淨。現在則是那陣不祥的海風競相吹來，想在蝴蝶夫人白皙的胸口染上醜陋的土褐色。

我無須借助精巧的歌劇望遠鏡，也能看見她唱歌時閃亮的眼眸中，含著一滴淚珠。蝴蝶夫人確實看見了，阻隔在這個異鄉與遙遠故國之間的絕望藍色大海幻影。倘若當時二十歲的我，面對這個碧藍的阻隔，能夠感受到愛、意志、人類無上的希望都是虛幻的，那麼父親為了遺忘妻子之死而展開的世界旅行，或許能幫助我在擁有想忘記的事情之前先學會遺忘，在認識世界之前先學會忘記世界。

我將視線移開舞台，凝視妳那如百合般端麗的側臉。因為包廂沉重的帷幔是深紅的天鵝絨，妳的首飾也散發出深紅光芒，妳的臉頰則彷彿映照在曙光裡。但我的眼睛，因為漫長航海所苦而改變了。我沒有被這個異鄉劇場的一隅與妳並肩而坐的偶然所騙，甚至不期待沉醉於當下的幸福。因為我知道，此刻我能與妳在這裡，這份機緣完全出於那片令人絕望的浩瀚蒼海。若現在我能和妳共處一間包廂內，是阻隔此地與故國的飄渺蒼海所促成的，那麼我和妳之間，或許還有另一片大海阻隔著。大海既然給了我們一次機緣，那麼妳我的命運想必如蝴蝶夫人般，不是至死空等，就是像平卡頓一樣忘卻一切。今後只會被這二選一的選擇不斷壓迫著。真是睿智啊！人在默默無言中，已經比賽著誰能在墜入情網之前先忘記。真是勇敢啊！——第二幕落幕時，當妳在一片熱烈喝采聲中回頭看我時的微笑，以及妳眼眸射出聰慧的淚光中，我就看出了這一點。

我的心情頓時變得很輕鬆，於是對妳開了個玩笑。

「要是平卡頓一個人來迎接蝴蝶夫人時，卻發現蝴蝶夫人已經和別的男人結婚了，這齣歌劇的結局會變成怎樣？」

「不知道耶……不過西洋小說有很多這一類的情節。」

從妳閃爍的言辭，證明了妳的心情也在一番激動後平復下來，變得輕鬆而馬虎。明明剛才自己也輕鬆了下來，但聽了這番話，我卻很想嚴厲地指責妳這種輕鬆。我那燃燒著熊熊怒火的雙眼不知該看向何方，最後落在妳的手上。妳那雙白皙的手，輕輕地，但帶著某種豐富的感情放在桌上。我看見一只優雅的橢圓形藍寶石戒指。

藍色的寶石，湛藍的寶石……海洋的寶石。如此尋思，我想到一個幾近迷信的強烈象徵。這就是大海。這就是我和妳之間的大海。這個妖豔寶石的魔力，分隔了我和你。

當這傳說般的念頭一閃而逝，妳用纖柔白皙的手指拿起華麗的望遠鏡時，那只戒指便從我的視野消失了。

三

儘管沒抱著太大的期待，但清原始終沒收到河原町華子的回信。到了五月底，年邁的蝴蝶夫人歌手與世長辭了。

清原又以自己也難以理解的熱情思考她的死。她在天色未明的拂曉中過世。連暗夜也一直在等待的、確實的絕望一分一秒地凝結，宛如寶石般完美地結晶成無垢的希望——這比絕望更為確實——在這種辛酸的歡愉裡，她也看見了海上最初的黎明微光吧。即便迎來的是死亡，也會為此成就感到狂喜吧。來世不可知，但她在此世已成就了存在。

那是讓人覺得如此思考也顯然是徒勞的清朗早晨。清原將主屋租給自己的公司當宿舍，他一個人住在別館裡，一次次看著報上的三浦環訃聞，後來才終於拿起女傭先前放在桌上的幾封信。不久之前，一隻小鳥飛到庭院的櫻花樹梢，在晨間喧鬧的鳥啼聲裡，牠的啼囀在眾聲中顯得最獨特，有時像個獨唱者般氣勢驚人。桌上的信件裡，有一封近來罕見的純白大型西式信封。那是清晨的顏色。猶如朝雲般耀眼的冷冽白色，把周遭的空氣切下了一塊四方形。他將這封信放在手心時，那隻奇妙的小鳥忽然叫了兩聲。他以為是信封發出叫聲，嚇得將它扔回桌上。然後對自己這種幼稚的想法感到可笑，又拿起信封。這時小鳥又啼了。

他不禁失笑。宛如被人惡整，無地自容地笑了出來。但他在這笑聲中感到一種恩寵（儘管那像是要傷害自己，令人難受的笑聲），心想無論這封信的內容對自己多麼不利也要接受，無論是如何離譜的請託也要答應。但這只白色西洋信封裡裝的，是一張親筆寫的請帖。

謹訂於六月二日（星期日）復辦戰前定期舉行之小型舞會

下午一點起

五月二十五日

千島康武

此致

清原先生

夫人

由於妻子過世時正逢戰爭時期，因此葬禮一切從簡，也難怪久疏聯絡的千島家不知情。昭和十年左右，千島家每個月會舉辦兩次小型舞會，清原習慣偕同妻子參加。

這一天也是梅雨季來臨前所剩無幾的美好晴天。位於高崗上倖免於戰火摧殘的千島侯爵家的一棟洋樓，以往總是關起來、堆滿塵埃的厚重百葉窗，如今已打開露出一扇扇古典窗戶。從擦得亮晶晶的玻璃窗望過去，可以瞥見泛黃色的高雅窗幔。晶亮的玻璃窗上映著淡淡的雲影。

清原獨自爬上樓梯，一度歇停的音樂再度響起，和這座古色古香的宅邸不相稱的舞曲震動了褪色的花紋壁紙。舞廳的門開著。一道光線從樓梯的高窗射進來，照在一對剛好舞過門口的男女上；男方的肩上搭著女人白皙的手指，手指上綻放著閃爍亮麗的湛藍光芒。那確實是藍寶石戒指綻放出的光芒。

清原深深地坐在椅子上，出神地想著。那些在跳舞時偶爾發現他而對他點頭致意的人，因為逆光而看不清他們的臉，表示已近薄暮時分。他連抬手看手錶的力氣也沒有。在等待的人逐漸接近的興奮與忐忑中，他心神不寧但目光炯炯地張望四周。這怎麼看也不像年過四十男人的眼睛，而是溫柔又帶點神經質、時而閃亮時而陰鬱的少年之眼。

河原町終於發現了他，向他點頭致意。在丈夫的示意下，華子回過頭，那雙眼睛在明治少女般的濃密眉毛下，露出宛如今日晴空無雲的微笑，向清原打招呼。

一曲終了，河原町伉儷來到清原旁邊坐下。男人們在戰後首度見面，有著聊不完的話題；華子在一旁默默聽著這種掃興的對話，一臉無趣漠然地望著去跳下一支舞的人們，雙手輕輕壓著頭髮。讓她不高興的或許是，清原的雙鬢出現美麗的老年徵兆——一抹白髮。

清原邀河原町夫人共舞，所以丈夫點燃菸斗便步向露台。

「三浦環死了啊。」

由於清原默默地跳舞，華子先打破沉默。

「是啊，她死了。」清原說。

「……謝謝你的來信。我沒有回信，因為我想你可能寄錯人了。因為，那個……」

她終於忍不住笑了起來。或許剛才的不高興是為了強忍笑意吧。她側著臉，看不到她的笑容，但那個笑宛如溫柔而顫抖的生物，從她的全身傳了過來。

「因為，照那封信來看，我現在應該有四十五或五十歲了。真可憐。」

「妳今年是二吧？」

「是二十二喲。」華子天真可愛地說：「你還沒去當兵前有個毛病，好幾次都故意問我幾歲不是嗎？還說『妳十八，我四十』……你都是這樣計算的。四十加上十八除以二等於二十九……」

「別再談年紀了。妳也許無所謂，但我一想到年紀就鬱悶。」

「話說，你那封信很有趣，我反覆讀了三次呢。可是回憶中那麼美麗的人，套上我的名字未免太可惜了。你在米蘭待了多久？」

「我所知道的外國，只有生意關係去過的美國。我才沒去過米蘭呢。」

「哎呀，討厭的小叔叔。」開心之餘，她不經意說出婚前叫清原的暱稱，自己卻沒發現。

「你太愛幻想了。那個女人你也是靠想像寫出來的嗎？哇，好厲害。你可以去當小說家了。」

這種清純的聲音、稚氣可愛的話語，任誰都會以為她二十二歲。跳舞時，她那纖細嬌小的身子，輕盈到彷彿一鬆手就會飛出去。眉毛濃密顯得有些好強。在清原的眼裡，她依然像喪妻不久時第一次看到的她，依然十八歲——在陌生人眼裡，可能像蝴蝶夫人惹人憐愛的年齡，也就是「扮家家酒」的年齡，十五歲——清原愛過她的十八歲，她的十九歲。在他鉅細靡遺且激烈的四十年經驗裡，他也從未如此熱愛過一個人。宛如妻子的靈魂附體，命令他去愛這個人。幾乎是一種超自然的力量，只是為了愛，他出動了所有美德、善意、痛苦的、喜樂的一切能力，以及所有的悖德與虛榮。婚事因為她父親模稜兩可的回答而一直拖延，再加上戰爭拆散了兩人。他在台灣。後來戰爭結束了，在不愉快的漫長航海中回到祖國，卻聽到華子結婚了。這實在是司空見慣、庸俗的結局。然而比華子更強韌地等候他歸國的是「老」，他也將自己委身於「老」。因此後悔也是一種快樂。因為喜愛孤獨卻無法徹底愛上孤獨的痛切後悔來臨了。只是一個已經用完愛的能力的初老男人，唯獨後悔應該還辦得到吧。後悔也是一種愛不是嗎？

「音樂很奇妙，有種不可思議的力量。」她的聲音變得樸直。她年輕時所思考的事的分量，帶著一股懷舊之情傳到清原的手。「其實，我和先生也去看了三浦環最後的演出。音樂會創造出另一種新的記憶嗎？二十年前，我真的想和你……」

「我那封信裡有提到證據喔。妳的戒指就是。既然妳戴著和信中同樣的戒指……」

他用眼睛示意，自己右肩上那只橢圓形的優雅戒指；大海的寶石，湛藍的藍寶石。

「哎呀，這是我母親的遺物喲。她以前一直戴著它，你沒注意到嗎？《蝴蝶夫人》……二十年前……米蘭……說得也是，就把它當作真的吧。我相信它是真的。如此一來或許就會成真。」

然後華子突然像起飛的小鳥般，帶著一種悲劇性、瘋狂般的神經質，以支離破碎的語氣說：

「戰爭期間，我在大磯。每天都在看海。看到覺得好累，看到身體不舒服都一直在看。我只是單純在看海，並不是像蝴蝶夫人那樣在等待。對，我什麼都沒等。你寫那封信想問的是這個吧？我清楚得很。你也知道我不會回信吧？真的知道吧？可是，我……」此時音樂即將結束。「我有更應該等待的東西。」

年輕的河原町伯爵迎接清原和華子走向露台，用菸斗快活地指向遠方，迫不及待地告訴他們：

「清原先生，看得到海喔！你看！以前從這裡是看不到海的。這景色是戰爭奇妙的副產品啊。」

原來如此。他指的方向，除了千島家未被燒毀的宅邸與茂密的林木之外，眼前一望無際。在那初夏陽光照得閃閃發亮的淺紅與灰色的廢墟遠方，宛如在倉庫或工廠的屋頂鑲了邊似的，有一片汙穢但平靜的蒼海，甚至連下錨的貨船也看得見。

「那是美國的船吧。」年輕伯爵說得像在炫耀自己犀利的視力。

「是啊，那是美國的船。」清原答道。

然後他再度凝望這片淒涼的灰色海景，宛如想牢牢記住般。海上的天空飄浮著色彩模糊的長雲，那是壯麗的雲峰對夏日強烈憧憬所留下的依戀。海上似乎颳著強風。浮雲的駐足不前之所讓人感到一種畏怯，可能是對這一天晴朗的哀惜之情，比過去任何一個黃昏都來得濃厚吧。

——但後來仔細想想，在那之後過了一個多月的某個盛夏清晨，清原接到河原町華子（她曾經是那麼健康快活）突來的訃文時，當初一心想記住這片荒涼海景的心情裡，似乎也隱藏著想排解莫名預感所造成的忐忑心情。

戀重荷

那衣服簡直像柔軟的鎧甲。

禮子穿著繡有千羽鶴的淺粉紅花紋綾織的中長袖和服，繫著打成圓胖小麻雀花結的袋帶。點綴著白色凸星花紋許的帶揚，以及做成圓筒形的棉布帶締，緩和了紅色金銀扇面刺繡的腰帶。6

「好難受，好難受，簡直像被拷問一樣嘛！」

由於喝了屠蘇酒，心情有些燥熱，眼睛略帶紅絲，她扭動著上半身，像首次穿立領制服的男生想把手指插進硬領般，用沒戴戒指的手指插進和服的腰帶。

「你看，這麼緊喔！好不容易才插進一根，兩根手指根本插不進去。」

她這個動作看在夏衛眼裡，就像硬要撬開堅固的鎖一樣。禮子不斷地扭動上半身，簡直連四周都為之震動了。她穿著這身宛如十層、二十層的鎧甲裝，和夏天沉迷於打網球的短褲裝、或冬天穿的滑雪長褲裝，給人的印象有如天壤之別。就像崇尚日本傳統的父母，硬要孩子穿上討厭的盛裝，她也被迫穿上這身裝束，還帶她去看她討厭的能劇、參加傳統舞蹈會。因此無論她和服穿得多麼貼身，也擺脫不了「硬被穿上」的感覺。穿著和服的她，把自己完全託付給和服；宛如多虧了這身鎧甲，使她可以卸下警戒。於是比起穿暴露的短褲，禮子穿和服時更接近赤裸。夏衛從未對禮子有過特別的感覺，直到去年秋天，在能劇席上，第一次看到穿和服的禮子後，才覺得她有種魅力。

夏衛的沉默寡言，讓禮子感到不安。以一個大學生而言，夏衛顯得有些老成，但和同樣是大學生的未婚夫康親的年輕氣息相比，禮子反而覺得夏衛顯得脆弱而不穩定。更何況，她對自己穿長袖和服沒自信，毫無理由地認為自己穿起來很難看，有種自卑情結。但其實她沒察覺到，在她平常總是稍微高高在上的清冽之美中，這種感覺帶來了一種舒緩，反而呈現出另一種親切溫暖的美。

夏衛的父母不在家。夏衛彎下穿著制服的腰，雙手驚險萬分地端起桌上一組屠蘇酒器，以及繪有蒔繪家徽的漆器套盒。禮子見狀立刻跳起來嚷嚷：「哎喲，太危險了啦！」然後笨手笨腳幫忙端到客廳去。經過三、四十分鐘不著邊際的談話後，打開第一層漆盒，裡面放著雞蛋魚糕、金團栗子、梅子羊羹、博多昆布等小點心，完全沒被動過，整齊排列在侷促的空間裡。這些色彩鮮豔的食物，彷彿冷眼看著兩人閒得無聊的窘迫時光。

「明天早上，小康要來東京喔。他打電報叫我去車站接他。」

「什麼？」正在注意遠方細微振翅聲的禮子反問。但看到夏衛的臉之後，不用問也知道

6「袋帶」為和服的腰帶。「帶揚」為腰帶上方露出的巾帶，用以裝飾或遮掩帶枕綁繩。「帶締」為綁在腰帶最外面的綁繩。

了。「你要去接康親？當心他殺了你。」

外頭已經在謠傳，禮子對未婚夫變冷淡是夏衛的關係。這個傳聞應該也傳進京都的康親耳中。但其實，禮子和夏衛之間根本沒什麼。

「我會去。」夏衛恬淡地回答。禮子覺得夏衛的恬淡，似乎是在賣弄年輕人特有的媚態，頓時覺得自己跑到八竿子打不著親戚關係的夏衛家拜年，究竟有何意義；猶如點著燈，以致於看不清戶外景象的窗戶般，一陣不安襲上了禮子心頭。

「其實，我來是有事想找你商量。我在元旦那天，寫了一封長信給康親，說我已經不想和他在一起了。我想趁這個機會去找工作，你覺得如何？」

她那有些瘖啞的聲調，很適合說這種合情合理的事。夏衛彷彿聆聽音樂般聽著她說話。即便出自虛榮，他也還不敢斷定這是好消息。因為他認為禮子的心，像一具飽經磨練的機器。

「賀年卡和斷絕關係的信一起來的話，小康再厲害也會變得厭世吧。這個姑且不談。」他加重語氣地說。「但我不贊成妳去工作。把人家甩了，還說『趁此機會』，這也太離譜了吧。」

「哦？」禮子在屠蘇酒的微醺褪去後，迅速發冷的臉頰上擠出脆弱的微笑。夏衛的回答，若無其事地把她連自己都尚未察覺到的意志給否定了。但禮子不為自己擔心，反而莫名地擔心夏衛。

總覺得這人有不穩定的地方……驀地，她以毫不相干人的眼光，看著夏衛拿著香菸悠然自得的指尖……說到這人的不穩定，是一種可能會傳染的危險。這和康親的危險不同，是另一種危險。夏衛具有的危險，是只會讓女人受苦的危險。

繪有蒔繪的小几上，那只最小的繪有金漆梅花的木杯，幾滴殘留的透明屠蘇酒發出燦爛的光彩。

此時的夏衛，除了時時刻刻想擁抱禮子，心中已容不下任何事情。就像處於這種狀態的年輕人一樣，他認為是思考太過縝密才會躊躇不前。但這種想法是錯的，他所躊躇的只不過是單純擁抱與否。

禮子宛如穿了一身鎧甲的模樣，那種蠻橫跋扈的感覺更挑起了夏衛的征服慾望。例如腰帶上打的那個威嚇般、盛氣凌人的結；那如同板子般頑強、緊緊合攏的領襟；鼓起的帶揚；金銀刺繡射出的冷冽；寶石戒指的銳角；這一切令人難以對付的燦爛堆積，使得夏衛的心充滿殘忍的慾望。若女人的身體像是長了刺的玫瑰，只會讓人更想擁抱她吧。若禮子的盛裝被撤除了，剩下的只是徒手即可斬斷的銳角與令人目眩的集合體。夏衛的雙眼再也無法從她臉上移開。

禮子察覺到夏衛坐的椅子發出吱嘎聲，知道他要站起來，於是自己先起身。

但夏衛以步步清晰可數的穩定步伐，靜靜地走向她。他知道這種時候女人不會逃開。於是他大大地張開雙臂，緊緊抱住「燦爛的堆積」。

「啊……」禮子往後一仰，皺起眉頭。她感到背上一陣中了毒刺般的痛楚。「等一下，我很痛。」

夏衛的氣勢頓時被削弱了，變得一臉突兀正經地說：

「怎麼了？」

「有針……在這裡。」禮子焦急將手伸到背後摸索。「針好像藏在衣服背部的線縫裡。」話一說完，禮子馬上懷疑自己說的話。因為夏衛的手一放開就不痛了。難道剛才的疼痛只是一種幻覺？

禮子忽然將記憶倒帶至深處，覺得自己在那裡，彷彿透過照相機的觀景窗，眺望著遠方小小的夏衛。記得在女校時代老成的同學，曾像孩子般在她耳畔竊竊私語「對付男人的花招」，那個深刻的記憶在她定睛不動的瞳眸中閃閃發亮。

「禮子，哪天妳穿和服被男人抱住的時候，有個方法可以讓妳巧妙逃脫喲。妳只要說和服裡藏有針，大聲尖叫就行了。他不至於叫妳脫下和服幫妳找針，所以沒問題。妳要好好記住喔。」

「這個方法真討厭。」當時禮子一臉正經，抓起包住同學總是溫熱而豐腴手臂的袖子，故意推開她似的說：「我才不會讓男人抱我呢！更何況妳說的這個方法，一定要被抱以後才派得上用場吧。」

「哎呀，妳真聰明。妳是第一個注意到這個問題的人。妳八成早就知道這種手法了吧。一定是的。」

「妳真的很討厭耶。」禮子瀟灑地雙手將頭髮往後面攏上去。「我不想再談這種事了！」

禮子說完轉身就跑，邊跑邊意識到自己臉頰發燙。她還記得，那時經常進入校園閒晃的長毛獅子狗追了過來，並在她的鞋子上磨蹭，害她的襪子沾滿了那隻狗的髒毛。當時禮子噴火般喘著大氣停下腳步，使勁地猛打牠的背。她也不知為何要這樣打牠，她並不恨這隻狗。只是非得狠狠地往這隻髒兮兮、沾滿汙泥、長毛打結的狗背上猛打才甘願。

原本在訕笑她的朋友們，忽然認真地眨眨眼睛，看著異常激動的禮子。那隻狗在跳開之後，又扭著身體想接近她，但突然感到恐懼似的，在低嚎中橫退了幾步，掉頭跑掉了。

禮子第一次這樣險些被男人抱在懷裡，是四年之後與康親訂婚後的事。兩人在參加朋友婚禮的歸途車上，康親把手繞到她的背後。當時她穿著長袖和服，一身難以動彈的絢爛裝束。未婚夫的手繞到背上時，禮子感到體內有種酸甜的潮汐湧了上來。一種類似拔牙後的血杜噴湧，令人發寒般的感動。心臟跳得快把胸前的輪形花紋撐破了。她用力閉上眼睛，幾乎要把眼瞼捲進瞳孔的程度，然後推開康親的手。

「好痛！」

「哪裡痛？」康親強作鎮定的臉，明顯不帶撫慰之色。

「好像有針！在衣服背脊的縫線處。」

「怎麼可能，是妳的錯覺吧。在哪裡，讓我看看。」

「不行啦，在這種地方。司機會看見耶。」

康親露出會意的表情，放開了手，裝模作樣地將雙手交抱於胸前。

「看來我得改變戰略才行。想不到妳是個會說謊的人。不知道妳是在哪裡學到的，不過這個謊言太遜了。這是個仿造品。不過妳說謊的目的達成了……」

「我才沒有說謊！等一下我就讓你看針！」

「妳該不會為了這種時候，先把針藏在背上吧？就像護身匕首。」

這種瑣碎的爭吵，日後看來意味深長。康親被這種無邪的拒絕所傷，開始焦躁起來。不到一個月，禮子在旅途中見識了他更極端的行為，奇妙的是她毫無感動。她依然把全心全意的某種東西，遺留在上次汽車中那個乍看無意義的拒絕裡。然而不知何時，她已經喪失取回那個東西的力氣。她甚至認為自己會變成一個無精打采的女人，康親要負完全的責任。因為在旅途中的第一個機會裡，她只不過稍微使了性子，康親卻輕鬆地把它解釋成上次汽車插曲的延續，還故意表現出一種做作的狂傲寬容。這使得禮子認定自己的純潔並沒有什麼價值。可惜康親粗糙而年輕的理解力，無法明白這種渴望。他完全不明白禮子心裡那種微妙的矛盾，認為是她無知才會如此吝惜自己的身體。

和這種陰錯陽差的錯誤相比，禮子決定和他分手的動機——他在京都的放蕩傳聞——反倒顯得微不足道。

如今她眼前有個和康親截然不同的男人，一個完全相信她真的被針刺痛的男人。這一瞬間，禮子眼中閃爍著異樣的強烈光芒，但同時她的心也因同樣強烈的懸念而萎縮了。

「這個年輕人怎麼如此輕易相信別人？有著一顆輕易相信我被針刺的難得的心，但又同時用這種不安定的憂慮折磨我，這究竟是怎麼回事？若他知道背上那根針純粹是我的錯覺，甚至更糟糕的，是我下意識說謊的本能所致，那我是否會失去立足之地？到時候，他會來救我嗎？如果他不來救我，就不算是真正想救我這個女人……」禮子暗自思忖。

這時夏衛問：

「有沒有流血？痛不痛？」

「沒有。就像這樣，」禮子把背往後仰，「像這樣不去動它，回家大概就沒事了。」

「萬一電車很擠，有人從妳背後推妳怎麼辦？」

「這時候回去，電車應該很空。」

夏衛眼帶怒意地看著禮子。禮子見狀，意識到自己愛他的心情，宛如乳房般成為肉體的一部分，重重地壓著她的胸口。看到夏衛那漾著年輕的不馴嘴形，她立刻知道痛苦的感情要下錨了。

但是，禮子片刻也待不下去了。慢慢地慢慢地，那難以迴避的瞬間，夏衛懷疑她的針痛是偽裝的瞬間，逐漸向她逼近。只要解開那條鮮豔腰帶的結，真相便會揭曉。為了保住這個危險的祕密，她不知不覺中也把他的疑惑當成自己的。嘗過那種難熬的痛苦後，就算今夜從脫下的和服縫線處找到真實的針，那也太遲了。因為那已不是真實的針，只是迫於無奈出現的乏味證據。

「再見！」

聽到這句正經的道別，夏衛笑了。他不可能知道禮子千迴百轉的心思，他之所以笑，是因為禮子那種天真無邪的頑固。禮子萬萬沒想到，她所擔憂的夏衛那份老成的不安定，在這種情況下反而救了她。

「那，路上小心喔。」

夏衛就著窗外斜射進來的寒冷光線，拉直褲管的摺痕，站了起來。

他送禮子到玄關。禮子像個要上船的人，從台階伸出穿著白布襪的玲瓏小腳，套進那雙擺在微暗置鞋上的紅色草屐。

不知道被什麼催促著，禮子快步疾走，不知不覺竟過了家門，之後才又折返。在北風中，鮮豔的和服腰帶下方微微地滲出汗來。

就某種意義而言，她處於一種想從徒勞的問題中得到結果、但這份努力卻是徒勞，於是忙著想為自己每個行為加上無聊理由的狀態。到了家門口卻走過頭，是因為屠蘇酒的酩酊尚存；沒什麼事卻快步疾走，是因為日暮將即；雙頰之所以發熱，是因為在北風中小跑回家。如此一來任何事情都能有個明白的解釋，這種想法使禮子萌生一種解脫似的快活。而唯獨這份快活是對自己有利的，能免於附上理由。

放在壁龕上的鏡餅[7]，由於已經接近初七，宛如昨天的雪髒掉變硬了，表皮也出現細小的裂痕。就像篝火燃燒後會飄著篝火味，這兩天過年的氣氛更濃了。禮子悄悄地將手和膝蓋

7 過年時奉神的圓扁形年糕。

放進鋪著鮮豔友禪被的暖被桌裡，直到手和膝蓋都暖和了，再將腳尖斜蜷地伸進去；到被熱氣烤到布襪非脫不可之前，她不會離開暖被桌。今天家人都去看新年的第一齣戲，因此沒人在家。禮子不喜歡看無聊的歌舞伎，所以找了藉口溜出去，去了原本不打算去的夏衛家。

當她的手碰到熱燙暖被桌的桌腳，驀地想起背上的針。這對禮子而言似乎是最重要的事，遺忘卻將它隱藏了。這種隱藏方式極其微妙。她有遺忘最重要的事且平靜度日的天分。或許她始終渴望著遺忘吧。

她坐著，疲憊地解開和服腰帶，腰帶輕輕滑落榻榻米上。當她將繡有千羽鶴的綾織和服脫到一半，忽然站起身來，對著鏡子合攏衣領，背上又感到熟悉的尖銳疼痛。她用手指摸摸背縫處，確實摸到一根極為纖細且犀利的金屬物藏在那裡，她知道那是縫針。

換上便服後，她不看書也不刺繡，只是定定地看著放在友禪棉被上的一根縫針，直到房裡完全暗下來。夕照如霜柱般輝耀，縫針躺在陳舊的友禪被上，動也不動。當這根針如預料地從被縫處找出來時，禮子不知為何有種「及時趕上」的安心，但驀地又覺得很空虛。是什麼及時趕上了？又趕上了什麼？

但隨即她如此喃喃自語：

「我愛上那個人了。」

她覺得這就像詩人在尋思時瞎湊的詩句，由一個字一個字偶然結合而成的無意義語言。

這晚下起大雪，但在天亮還沒積雪就停了。

夏衛去上學前，順道去東京車站接康親。他們兩人從小就是好朋友。

月台上閃爍著潔淨的冬塵，灑落大片的晨光。這是一種不帶任何溫度、抽象的透明光線。站務人員正在打掃，這種光線照在掃把前端，看起來像是一束神祕、發出潔淨乾燥光束的東西。

夜行列車被煤煙熏黑的烏黑車體，宛如要將光線從另一端掬起似的滑進車站。被擠壓出來的蒸氣破壞了透明清澈的晨空。這輛令人不愉快的機械，發出咒罵般的吱嘎聲與雜音，好一會兒才安靜下來。

列車尚未停止前，康親就已站在車廂門口，那雙以男人而言有點丹鳳眼特徵的眼睛左右張望。但列車經過夏衛前面時，他卻沒發現。

當兩人的距離有點拉開後，康親才看到夏衛，露出事先準備的開朗且不帶芥蒂的笑容迎向夏衛，然後再以明知對方聽不到的聲音，小聲說了一聲「嗨」。夏衛依約來接他，康親立刻直覺到這和禮子寫給他的信有密切關係。

這位深知自己不適合嚴肅的煩惱與痛苦的青年有種傾向，經常會太過於把自信放在自己的理性和意志力上。這和喜歡把自己的悠哉當作悟道結果的樂天派心理很像。原本只要稍微吃點苦就能找出解決之道，但因害怕吃苦而先行逃避，到頭來卻又自戀地認為這是拜自己的理性所賜。這次處理禮子的事，情況勢將重演，但康親並沒有察覺到。

「好久不見。」明明沒有什麼好芥蒂的，為了想在康親面前趕走這種可笑芥蒂心情，夏衛擺出些許冷淡而面無表情的態度向康親伸出手。「車子沒有想像中來得擠嘛。」

「就是啊，我昨晚睡得很好呢。」

但康親那布滿血絲的雙眼，背叛了這個快活的謊言。夏衛聽了不禁暗忖：

「為什麼這個男人一見面就要撒謊呢？」

因為夏衛一早特地來接康親，想虛心坦誠地和他談一談，頓時為自己的熱情感到落寞，覺得這種熱情比說謊的熱情更為貧乏。

這時康親睡眠不足而布滿血絲的雙眼，給夏衛錯綜複雜的心思帶來了答案。身為第三者的夏衛，明顯地看出禮子使這位乍見輕佻的青年萌生了真正的痛苦，同時夏衛也預知自己將會嘗到同樣的痛苦。由於太羨慕康親的痛苦有著明確的理由，因此也急切地得到自己預測的痛苦的就近線索。若不這麼做便難以接近禮子這個女人的實體。

於是，他忽然想起去年第一次看到禮子穿和服的情景。

那是秋意濃得讓人覺得是秋季最後一天、陽光耀眼的星期日。夏衛太喜歡看能劇，而在大學好友的邀請下，來到戰後僅剩的兩座能樂堂中較為古老的那間觀賞能劇。禮子和她的父母坐在正面的池座。

雖然舞台上遲緩的動作讓人稍感無聊，但禮子一身盛裝打扮，端坐在位子上，目不斜視地看著舞台，也幾乎沒和父母交談。夏衛坐在正面側翼的位子上，清楚地看到她的芳姿。

她穿著繡有四君子花樣的紫色縐綢絞纈染和服，繫著織有蔓草花紋的綢緞腰帶。閉月羞花般的淡粉紅襯領，緩和了挺直的端正頸項。雖然浮雕的觀音灑水紋渦上鑲嵌綠寶石的黃金帶釦，使得她莊重的美過於醒目，但讓夏衛著迷的全都是過於莊重、燦爛的東西，亦即一種令人窒息的不均衡。

能劇中場休息時間，兩人在走廊上碰面時，因為還不熟，所以只談些喜歡能劇嗎？經常來這裡嗎？沒什麼特別意義的事。

「我第一次看到妳這身打扮。」

「很奇怪吧？」

她率性地用右手拍拍腰帶的後方。

「只是有種不可思議的感覺。」

「這是媽媽玩裝扮洋娃娃的遊戲啊。」

康親臉上帶著旅途勞頓的疲憊，或毋寧說是京都放蕩生活導致的疲敝，習慣性地左右搖晃穿著外套的肩膀，邁著不願向夏衛示弱的大步走去。夏衛看著他這副模樣，突然發現自己落後了兩、三步，連忙加快腳步。

他們穿過吐著白色氣息的購票人群，走出八重洲口，進入一間已經在營業的小咖啡店。康親為了掏出香菸，粗暴地脫下花俏的手套，望著窗外，宛如現在才知道地說：

「雪居然積了兩、三寸啊。」

「嗯。」

夏衛知道康親不是會拿雪出來當作開場白的人，他很明顯已經失去平日的冷靜。夏衛不禁想起禮子說的那句話：「當心他殺了你。」縱使只是小小的玩笑話，但康親這樣的男人居然會碰上自己真正的痛苦，並因此而成為危險人物，這倒勾起了夏衛病態的快感，想引出康親的危險。但他那份誠心誠意前來迎接，並「想對禮子的事做一番解釋」的真正友情，使得他暫時拋開這種病態的快感，將它往後延。

這種太過輕易的心情轉變，使得夏衛像在看朦朧的透光畫般，看到自己來迎接朋友的深層動機。那個動機只不過是單純想看看這個被禮子所苦的男人。

康親反常地默默望著背陽處、留有殘雪的冷清小巷。乞丐在這樣寒天穿著露肩的襤褸破衣，在水泥製的垃圾箱裡翻找東西。在襤褸衣衫的背後，隱約地看見竹夾子所夾起的一束鮮綠冬菜。在這間只有十二尺寬的狹小咖啡店裡，清晨只有他們兩位客人，因此咖啡遲遲沒有端來。夏衛一直盯著侵犯康親、但康親本人沒有察覺的痛苦時，不知不覺被一種莫名的焦躁驅使，很想親手奪走康親的痛苦。至於該怎麼做……他想到也只有如實解釋他和禮子的關係。康親相信他們的關係。但這種漫不經心的確信，對夏衛是最殘酷的。

「首先，由我來說東京的事吧。」

「嗯。」

康親報以一抹故作成熟、虛假的苦笑。他原本就打算聽完他晒恩愛，再列舉是自己先離開禮子的證據加以反擊。至今他還沒發覺，自己和禮子分隔京都與東京兩地所造成的瘋狂饑渴，那是將他逼向放蕩、如悶燒之火般的饑渴，這一切都是禮子展現的力量。不僅如此，康親甚至認為這是禮子的力量衰退造成的。

「我和禮子之間是清白的。」

「因為我叫你來的。」

「你不相信啊。誰會說了謊還一大早來東京車站接人。」

「居然說這種話。」

康親認為夏衛在消遣他，立即以狂傲的口氣反駁，然後輕輕地蹙起眉頭。

夏衛說著說著，變得很沒力。他萬萬沒想到，為了證明兩人的「清白」而冷靜地敘述昨天的事情經過，會是如此難過與痛心的事。記憶中不確定的甜美要素，一經說出口就蒸發了。比這種揮發度，更令他驚訝的事，那些帶著短暫挫折的許多甜美印象，猶如在暴風雨的日子裡，發現許多蝴蝶躲在黑暗的洞穴內壁一樣。

康親露出意外之色。他找夏衛來的目的，原本是想讓夏衛明白，自己已不愛禮子，打算不久後就要主動和禮子分手。但此刻康親卻為這種操之過急的「理性」感到遺憾。但若往回走的話，無異是承認自己現在正被禮子所苦。他已無心聆聽夏衛談那些細微的始末。現在他只相信禮子與夏衛之間可能是清白的，這使得他內心產生一種無以名狀的溫馨感動，撼動了他的心靈。

但是，當「針」這個字眼刺進耳膜時，康親又返回夏衛的自白上。

「什麼針？禮子把針怎麼了？」

「你剛才沒有在聽啊？」夏衛瞪他一眼，然後機械式地再說一次。說他想擁抱禮子時，禮子大叫和服的背縫處有一根針。

「你信以為真？」

康親如此詢問時，眼中閃爍著光芒，握著剛送來的咖啡杯把手的手指也更使力了。那時她以同樣的藉口拒絕了夏衛，表示她一定還愛著康親。

「以前也發生過這種事喲。」

他以紳士忠告般的口吻，那種陰鬱慈善家的口吻，把幾年前在汽車裡發生的事，一五一十地告訴夏衛。

夏衛睜大深邃的眼睛，但眼神中毫無退縮之色，他想看清這個故事蘊含的苦惱意義。但這只不過是苦惱的起點。儘管如此，夏衛充滿一股神奇的勇氣，縱使面臨再大的疑惑，也要相信那個針痛是真的。夏衛擁有相信的力量。即使針痛是虛假的，這種力量也不會改變。他覺得這種奇蹟般的力量，宛如冬日上午的陽光，在透明的心靈裡注入一種平靜。他不知道是什麼唐突地給自己帶來這種勇氣。後來康親說出這番話時，夏衛的心之所以能不受傷、也不受動搖的答案終於出來了。

「那是手段啊。那是她慣用的伎倆。她總是用這種謊言來刺探男人。你知道多少男人上過這種殘酷的當？我就是第一個。你不知道是第幾個，但可能是最新一個，大概是錯不了的。」

但這番話，連剛突然脫離痛苦的康親本人也不相信。他聽了夏衛的敘述後，依然堅信禮子還愛著他。他只是欠缺相信針痛的能力罷了。

「今天上什麼課？」康親擺出學長的架式問。

「S教授的討論課。」夏衛是國文系的學生。

「幾點開始？」

「十點半。」

「那你該走了喔。」他連忙戴上那雙花俏的滑雪手套。「我看我還是重新考慮，去禮子家看看吧。」

這天的討論課是輪流講《太平記》，選的是S教授很喜歡的志賀寺上人的故事。這是中世戀愛物語中罕見的美麗故事。在這個類似的物語中，夏衛突然想起〈戀重荷〉（戀愛的重擔）這齣謠曲，也就是去年秋菊時節遇見禮子的能劇舞台上表演的戲碼。在這齣中世風格、淒涼的戀愛苦行與死亡的故事裡，有著動人心弦的詩句，例如「這就是戀愛的重擔啊，多麼美麗的包袱啊。」或是「雖然是重擔，但在我們重逢前，我仍願是個戀愛的挑夫。」

沒記錯的話，當時舞台上出現的戀愛包袱，應該是綾羅錦繡包起來的美麗包袱。但夏衛的記憶裡，那是禮子的紫色縐綢絞纈染和服與閃閃發亮的綢緞腰帶。

侍童

為了重建遭到戰爭摧毀的女子部，在倖免於戰火的男子部校舍舉行義賣。這天是義賣收件的截止日，接受捐贈櫃檯的帳篷與委託販售的帳篷都擠滿了在學生、家長與畢業生。坐在委託販售櫃檯的伊佐子，美得特別引人矚目。不到半年前，她的丈夫過世了。這位留下二十三歲美麗妻子的丈夫，是在公司洽公的旅途上，遇上列車對撞而不幸往生。他們是一對虔誠的基督教伉儷，結果丈夫竟遭到這種橫禍喪生，看在眾人眼裡，覺得她的美麗更顯冰清玉潔。

一名男子部的學生來到帳篷裡，站在伊佐子面前。這名十八、九歲的少年，抱來一個刻有歐洲某王室徽章的地球儀形大時鐘。

「你有沒有帶證明書來？」

伊佐子問。學生捐東西需要家長的證明書。

「有。」

少年將大時鐘粗魯地放在桌上，低著頭沒看伊佐子的臉，將手伸進口袋裡拚命翻找。因為少年沒看伊佐子，所以伊佐子得以仔細端詳他的臉；真是個俊美的少年。不過也因此，當少年遞出證明書時，伊佐子並沒察覺到。

「小姐，證明書在這裡。」於是少年鄭重地開口。

伊佐子點點頭，收下證明書。因為恍神而難為情，她沒怎麼看就把證明書夾進帳簿裡，然後指著帳篷後方的工作人員對少年說，把時鐘交給那個人就行了。

事情進行得很順利，因此阿久心情也輕鬆許多。證明書的變造沒有被看穿。虛榮的母親原本叫阿久把這個大時鐘拿去捐贈，證明書上還寫了「捐贈」二字，但阿久用墨水塗掉，改成「委託販售」。他想把扣掉手續費以後的錢占為己有。

但在這種輕鬆心情的深處，他感到一種如鉛錘般的沉重。可能是愧疚吧。可是欺騙母親、矇騙同學，是極其理所當然的事，不該會在心裡產生愧疚陰影，那麼這份愧疚是怎麼回事？阿久想了又想，覺得是因為那位櫃檯小姐太美了。欺騙了那個「美」，才導致良心不安。但這個「良心不安」的結論卻傷了阿久的自尊心。自己竟會良心不安？這讓他很生氣，因為太幼稚了。於是他趕緊尋找別的結論，但又無法立刻找到，因此「良心不安」這個不甘願的結論又回來了，在他心裡來回踱步。

伊佐子記得證明書上寫著「來島久」這個名字，也記住了這是提供那個搶眼美麗大時鐘的人。委託販售品的人名，除了幹部之外不能洩漏出去。於是這個名字宛如成了不可告人的名字，藏在她心底。

「明天要去義賣會嗎？」阿久問母親。

「去看看也好。」母親喝醉了。

不知從何時開始，無聊的藝術家或遊手好閒的落魄男人們經常泡在阿久家。父親對母親唯命是從，所以母親未經父親的許可就隨便變賣東西，過得逍遙自在。首先是鋼琴不見了，接著是父親珍藏的倫敦西裝布料五件份也陸續消失了。兩座六折的屏風被賣掉了。在這種情況下，阿久瞞著父母把一些小東西賣掉也是輕而易舉的事。例如他偷偷賣掉了父親的蔡司相機、看歌劇的望遠鏡、舊西裝與十組袖釦。母親的東西倒是偷不到。因為母親的櫃子每個都上鎖，每隔三天就會檢視自己的財產。

母親的娘家原本是貧窮的貴族。這怠惰的一族，出了不成材的畫家，也出了不成材的音樂家。他們找來藝術家朋友，把當時還很年輕的阿久母親奉為女王，從大白天就喝酒作樂，下西洋棋玩麻將。藝術家的定義一行就寫完了，那就是：花別人的錢喝酒的人。客廳又傳來喧囂的笑鬧聲。

「妳在做什麼？」

「峰先生在占卜喲!他在幫我占卜戀愛運，大家都看得好開心呢！」

「無恥！」阿久很想罵出來，但又吞了回去。愈是瞧不起這個母親，他就愈必須在她面前當個乖兒子。

「那麼，明天的義賣會，我就和媽媽一起去囉。」

「等一下，我還得想一想。」

「說到義賣會，栗田太太和森太太都很愛出風頭吧。」

「因為她們都是矯風會[8]的太太們啊。」母親一臉嚴肅地陷入沉思。這些喜歡在母校活動展示權力的金邊眼鏡夫人，不僅讓她侷促不安而且覺得恐怖。因為她認為自己是社會上名聲響亮的「不良夫人」，但她沒想到現在這時代已經不像從前，不會老是去介意別人的生活。

「我還是不去了。阿久你去看看那個時鐘賣得怎樣吧。」

——那個以前皇家送的時鐘是丈夫的財產，對她而言除了炫耀之外，沒有多大的執著問題。

阿久在義賣當天上午去了會場。教室一夜之間變成奇妙的景色，充滿花俏的商品與女人的笑聲。他一時還無法接受這種變化。他走向中學五年東班，去自己教室看看。[9]結果這裡

8「矯風會」是日本基督教的婦女團體。

9日本舊制的中學校採五年制，相當於現在國二到高三的學歷。此處的「五年級」相當於「高三」。

擺滿了衣服、擺飾架、人偶娃娃、花瓶等五花八門的東西，中年的進駐軍夫妻看了錦織壁毯，不曉得在問什麼。回答的人，是那個收下時鐘的美女。

結束這場英語會話後，伊佐子回到自己的崗位。她的和服胸口上，別著一個小小的緞帶幹部章。當她和走進來的阿久四目相交時，瞬間猶豫了一下，才用眼神致意。阿久也看出，她這瞬間的遲疑是猶豫要不要假裝忘記。因為儘管陽光照得場內太過溫暖，但她在那當下也確實雙頰通紅。當然，阿久發現這一點後，自己的雙頰變得比伊佐子更紅。

「那個，前些時候那個時鐘……」伊佐子主動開口：「已經賣掉了喔。」

「這麼快？」

阿久誇張地看看自己的手錶。義賣上午九點開始，也才過了一個半小時而已。他這個動作救了自己，同時也救了伊佐子。因為伊佐子趁這個空檔，奪回了自己身為年長者的冷靜微笑。

「是啊。」她以天性悠哉的語氣娓娓道來。「今天早上八點左右，外面就一堆人在等開門。雖然很像黑市穿著夾克的人，不過他們都有邀請函。那些人蜂擁而入，從懷裡掏出大把鈔票，把顯眼的東西全都買走了。最神氣的那個人在前面陸續付錢，後面跟著的人就把買的東西抱走。你的時鐘就在那時候賣掉的。」

「真是太驚人了。」其實阿久並沒有仔細聽內容，他只是驚訝於伊佐子竟對他說了這麼久的話，尚未從驚訝中醒來。但仔細想想，這種沒什麼大不了的事也不值得驚訝，但阿久竟對此感到驚訝，表示他覺得新奇且不可思議。

「那種舊時鐘居然賣得掉，真搞不懂最近的客人在想什麼啊。」

這種故意裝得老氣橫秋的說法，使得伊佐子露出了姊姊般的微笑。但這個微笑裡——亦即對阿久明顯露出孩子氣所展現的微笑——也帶著些許責難或死心的陰影。

「說得也是，對了，還有那個，」宛如要停止話題般，她的語氣變得僵硬。「上次忘記跟您說了，（阿久對她的記憶力很震驚。）錢的部分，請後天下午，到女子部的事務所領取。」

這時，其他客人的聲音也插進來了。

「不好意思，小姐，請問一下。」伊佐子被叫了。「我想看看那件放在高處的背心。」

「是這件嗎？」

伊佐子打直背脊，伸手拿背心。露出了白皙的上手臂。阿久垂下眼瞼，連聲招呼都沒打就走了。

在走廊遇見學校的同學，阿久問：

「那個長得很漂亮的人是誰？」

「哦，那是陶太太啦。」同學說：「那麼年輕，半年前就當了寡婦喔。她過世的老公和她都是基督教徒。要追就趁現在喔！加油加油！」

真是人小鬼大的中學生。

阿久回想起，她那帶著些許死心意味、猶如姊姊般的微笑。把這個微笑和她信仰的上帝連結起來思考是很自然的事，但又好像不自然。阿久覺得她可能有其他更重要的信仰。

賣了時鐘的錢——

阿久明白，自己拿到這筆錢以後，會像以前偷偷賣掉父親的西裝或相機拿到的錢一樣，立刻把它花在某件事情上。拿到的錢就去做那個餘味絕對不舒服的行為吧。

S町的後巷裡，有個花街在戰後又曖昧地復活了。阿久第一次是在朋友邀約下，為了賭氣去了那裡，也為賭氣記住了女人的名字。一個說熟的話，也算快熟起來的女人。她長得很美，但那種美是唯有卑微的心才能形塑出來的美。她覺得自己的美很丟臉，但阿久反被她覺得丟臉所呈現出來的美所吸引。就這一點而言，誠實究竟就在那裡。但阿久沒發現，讓她感到難為情的是阿久的俊美。

——但不知為何，唯有這次，阿久對自己接下來要做的事感到害怕。他怕從陶伊佐子手中接過來的錢，在幾小時後能若無其事地交給那個女人。他對這樣的自己感到害怕。

義賣會兩天後的下午，阿久沒去拿錢。

又過了兩天，伊佐子打電話來，阿久接的。電話的內容很簡單，她說錢在她那裡，看是要用小額匯款寄給他，還是阿久要親自去她家拿。阿久說要去她家拿，然後就掛斷電話了。掛了電話後阿久才明白，原來自己一直在等的是這通電話。

陶家就在某個車站的旁邊。

按下玄關的門鈴時，阿久覺得很驕傲。因為從遇見伊佐子那天起，直到今天，自己沒有犯下任何錯誤，對此感到很驕傲。即便以前就認為所謂「純潔」就是有「羞恥心」，但沒想到純潔也能在心裡培養幸福。

開門的是伊佐子。她比之前變得更美更美更美，阿久出神地望著她。但她只是將阿久當作來島家的兒子，只是來島家派來拿錢的人。於是她在玄關付錢，等他收下錢就把門關上。兩人就這樣分開。宛如進入「世界」這個看不見彼此的臉的神奇鏡子房間裡，以這種方式分開了。

阿久心碎了。他不知如何是好。早知如此，還不如在指定那天去拿錢，然後直接去花街找女人。但這種無地自容的心情，使得他還是去了花街。在花街，把自己的愛投注在與伊佐子之美完全相反的人身上，承受這種淒慘苦楚的折磨。他恨伊佐子無法讓他把這份愛直接投注在她身上。

其實伊佐子等阿久來訪那天，也等了很久。她翻找電話簿找到來島家的電話並撥打時，其實是很想聽聽阿久的聲音。照理說應該請阿久的母親接電話，即便知道自己這麼做有點不合常理，但她還是直接說要找阿久。當阿久年輕的聲音進入耳朵時，她開心極了。這個年輕的聲音，讓她看見了從未見過的世界光輝。這時她也感受到，自己已厭倦住在這個充滿死亡陰影的家。

到了隔天，阿久來訪的時間接近時，她已經讀不下手上的小說。帶著告白的心情，到別館去找公婆，把今天少年要來拿大時鐘販售金額的事告訴他們。公婆是信仰堅定、心地善良的基督教徒。他們不帶任何成見聽媳婦說話，也不帶任何成見地感動了。

「妳居然能做這種會計工作，真令人驚訝啊。」婆婆說：「大家都很相妳，才把這個工作交給妳吧。」

「不過義賣所得的淨利居然有兩百萬也真嚇人啊。」原本是銀行家的公公說：「能募集到這麼多錢，至少能蓋個簡陋的校舍吧。」

「當然能蓋。一定蓋得起來吧。」

「不，這妳就不懂了，現在的兩百萬可不是以前的兩百萬。」

「這樣子啊。不過我是這麼覺得啦，應該可以蓋出非常氣派的校舍吧。也可以蓋非常漂亮的禮拜堂吧（這所學校是教會學校）。妳不這麼認為嗎，伊佐子？」

伊佐子迫於無奈只好笑著應和。在這個家裡，沒人關心她的內心問題。她覺得很孤單。要是丈夫還活著，自己也不會愛上丈夫以外的人吧。丈夫生前，她非常熱烈地只愛丈夫一人，但如今與丈夫的生活卻只能用想像的。可是這種心情也是一種證據，代表丈夫依然確實活在她心裡，支配著她。

伊佐子去廚房穿上圍裙。

她想像著那個少年的各種生活。

例如想像來島家瀕臨危機，少年必須靠那個時鐘的錢來付自己的學費；也想像了少年因家庭不和而煩惱，從來沒吃過用溫暖的手做出的點心。伊佐子把奶油塗在派盤上。把牛奶和砂糖放進鍋裡，放在瓦斯爐上煮。她打算做丈夫愛吃的，也是自己拿手的蛋糕布丁（Pudding de cabinet）。

牛奶在鍋子裡開始發出聲音。

忽然她想起來，這是不吉利的甜點。所以從那之後，未曾再做過這個甜點。（為什麼會忘記呢？）丈夫那天出差前，就是吃了她做的這個甜點，後來慘遭橫禍。

她嚇得連嘴唇都失色了，連忙關火。

回到自己的房間，看著桌上擺的丈夫照片。雖然她沒看到丈夫慘遭橫禍的樣子，但心頭浮現出從別人那裡聽到的死亡場面。於是伊佐子覺得自己是罪孽深重的人，從丈夫微笑的面容裡讀到了對她溫柔的責難之色。受不了這種內心的折磨，她對著照片哭了很久，覺得自己依然深愛著不幸往生的丈夫，並且告訴自己，從未忘記過丈夫。

——但很不巧的，不久之後阿久的門鈴聲響了。

接著幾天裡，其中包括做禮拜的星期天，伊佐子當然也非常虔誠地去做了禮拜，日子過得相當平靜。

以前在家裡待過的女傭當上了洋裁師傅，來了通知說她在S町的郊區開了一間店，店裡有很多罕見的布料，請伊佐子過去看看。

這天伊佐子受邀去某位法國人牧師家用餐，餐會結束後來到S町已經晚上七點多了。住家就在車站旁邊很安全，丈夫過世後，伊佐子也需要散散心，而且公婆都很相信她，不會囉唆她回家的時間。

因為沒有特別喜歡的布料，伊佐子準備回家之際，忽然從窗戶望向街道，看見一個眼熟的年輕人，正快步走過窗前。

這張臉確實眼熟，但伊佐子想不出這個看起來二十二、三歲、穿著西裝的青年名字。但她想要想出來，於是也快步走出店外，追著青年而去。忽然，她直覺這個人就是來島久。即便知道，還是無法停止跟在他後面走。因為他穿著西裝，起初還以為可能是他哥哥之類的，但走到一個櫥窗前，從櫥窗看到他的側臉，確認他就是阿久。伊佐子沒勇氣叫住他，而且他的腳步匆忙、似乎有什麼要事，令人在意。她沒有察覺到自己如此心急是出於嫉妒，在一股難以抑制的力量驅使下，非得跟蹤他不可。因為這重大的機會，考驗著兩人是否真的會分隔兩個世界，成為從此無法再相見的人。

他的背影幾度淹沒在人群裡，而且看起來已不是單純的少年。伊佐子不知不覺中，看到這樣的他也不覺不可思議。

阿久在電影院一角轉彎，走進一條瀰漫各種味道的小巷。

「這個人會喝酒啊？」

走進這種小巷，對伊佐子需要異常的勇氣，阿久卻很自然地走了進去，然後在一個角落轉彎，進入一個奇妙的地方。伊佐子完全忘記一個女人隻身踏進這種地方是多麼失策且危險的事，只覺得跟蹤阿久是自己倫理上、且不愧對上帝的欲求，在心痛的好奇心背面，也有著想拯救他的高貴目的。

但不久之後，她親眼看到慘不忍睹的結果。在一間形狀詭異，窗戶開很低的房子裡，一個女人倚在窗邊對阿久打情罵俏地應酬著，然後阿久就熟門熟路地走了進去。伊佐子看到這一幕，心裡充滿難以言喻的痛楚，隨即轉身離去。

生病猶如藉口般巧妙地到來，伊佐子在床上躺了兩、三天。雖然有點輕微感冒，但痊癒後依然鬱鬱寡歡、無精打采，公婆看了也很擔心。他們萬萬沒想到，這個曾經充滿熱情、也嫁給了正確對象的純真美麗年輕媳婦，如今看到了藉由亡夫所遮蓋住的世界真實面貌，竟如此撼動她的心，令她如此苦惱。

伊佐子不斷地祈禱：上帝，請原諒那個少年，請原諒他吧。這一定是哪裡搞錯了，一定是哪裡搞錯了。這是個才十八、九歲的中學生，在不知道那是「邪惡」的情況所犯下的錯。我祈禱那個少年會悔改，祈求上帝能接受他的悔改……

她在一個人的房間裡，一次又一次地如此祈禱。出聲讀出《聖經》的美麗話語。不這麼做的話，某個東西會在她耳畔低語，讓她心煩意亂。「某個東西」是什麼呢？沒錯，就是邪惡的畫面。愈是祈禱，這個邪惡畫面愈是離不開她眼前。那不是十八、九歲的少年，而是更為成熟的青年來島久，像以前丈夫擁抱自己那樣抱著那個女人的畫面。她的心朝著這個幻想而去，忘了該有的分寸。這個畫面使得伊佐子苦惱不已，從那夜以來，她未曾安詳地熟睡過。那不是愛，也不是憎惡，而是猶如焚心般的痛苦。她向上帝祈禱，盡自己最大的努力想克服這個邪惡畫面。但這個畫面依然糾纏不休地折磨她。

這時剛好有人送了慈善舞會入場券給陶家，公婆想讓媳婦散散心，於是問她要不要一起去。但她以丈夫之喪為由婉拒了，公婆明白如此顧慮基於她的不幸，但這個不幸也是全家的不幸，所以為了讓她振作起來強迫她參加，決定三個人一起去。

萬萬沒料到，在這場舞會上，陶家的人竟被介紹給來島家的人認識。

來島家那一桌瀰漫著濃厚的淫亂氣氛。阿久的父親顯得很沒地位，一個人獨自喝著悶酒；母親敞開晚禮服的胸口，醉到令人看了就蹙眉的地步。阿久背著雙親，眺望著比自己幸福的人群。

繼承了母親的虛榮心，他不和在場的這種美麗千金小姐交往，即便是十九歲中學五年級的少年，他也只挑娼婦為對象。然而在這個會場，他顯得十分俊美，很多目光輪番集中在他身上。但他不予理會，只定睛看著一個人。阿久之所以陪著討厭的父母前來，是因為知道陶老夫妻是主辦者的慈善團體支持者，心想來到這裡，或許能看到那個無情之人的側臉。然而奇妙的是，阿久一度為伊佐子所建立的節操瓦解之後，伊佐子反而成為他難忘的高貴之人。連她當時在玄關無情地趕人，阿久都認為她可能是看穿了自己的邪念才那麼做，不僅對她深感欽佩，也怪自己不該責備無辜的她。

這時，他看到伊佐子陪著一對氣質高尚的老紳士與夫人進來。慈善舞會設在工業俱樂部，場地非常寬廣，伊佐子他們必須和很多人打招呼，才能來到阿久這一桌。阿久原本以為，頂多就是點頭致意吧。不料好事的主辦者為了把陶夫妻介紹給來島夫妻認識，特地把伊佐子他們帶到阿久這一桌來。

伊佐子心想，既然如此也只能閉上眼睛忍耐，下定決心低調地跟在公公後面，不要做出逾矩的言行。她聰慧的眼睛，看出阿久雙親虛榮的背後有著不幸的生活，然後只是努力當個同情者。

但阿久的母親也不是愚蠢之人，儘管喝得很醉也合情合理地客氣對應。正當話題碰巧轉到之前的義賣會時，好事的主辦者把躲在公公後面的伊佐子拉進話題裡，向阿久的母親說她是義賣會的幹部。

伊佐子忽然將目光投向久違的阿久。阿久也凝視著她。他深怕篡改地球形時鐘證明書的事曝露出來，他無法忍受這種屈辱。於是他熱切地、宛如有事相求地凝視伊佐子，對她輕輕地搖搖頭。雖然伊佐子完全不知道發生了什麼事，但也憑直覺地點點頭。阿久的眼神充滿了感謝。這個同意，或許使兩人都同意了自己也不知道的事。

「那個義賣會，我捐贈了一個B國戴冠式紀念的大時鐘喲！我兒子去看的時候，聽說很快就賣掉了。」

「應該有寄一張用寒酸的紙印的感謝狀來吧。」

有人這麼說。母親聽了大聲表示抗議。

「哪有？才沒有什麼感謝狀呢！該不會老頭子（她如此稱呼老公）又撕破了吧？」

「沒有，我才沒有撕破呢！」

伊佐子連忙出面打圓場。

「真的很抱歉，一定是我們在作業上有什麼疏失。我會調查一下，盡速寄感謝狀過去。」

「啊，不用啦。捐贈的東西賣掉了，能幫上學校的忙，我們就很高興了。」

阿久閉上眼睛。心中充滿了激烈的愛。他知道後悔了。

父母親起身去跳舞後，他走到伊佐子身邊，低聲說了一句「謝謝」。他不想用敬語客氣地說，只說得出謝謝二字。

但此時伊佐子的心，往反方向走去。她很氣自己，也不認為上帝會原諒這樣的她。因為阿久的行為打從一開始都是有心機的，而且他的目的是為了那個行跡可疑的女人，即便已經全部察覺到了，竟然在情急之下還幫他圓謊。伊佐子很氣這樣的自己，更難以忍受被這種小孩看透自己的心思。儘管如此，阿久在自己的旁邊坐好一會兒了，這麼不想離開又是為哪樁？

音樂換了。伊佐子站了起來，阿久也跟著站起來，擺出邀舞姿勢。於是她翻起白眼，直勾勾地瞪著阿久。腦海裡浮現直到昨天一直折磨她的醜陋幻想，使得她想起所有與他有關的醜陋事物。光是讓他的身體碰到都覺得骯髒。

她狠狠地甩掉阿久的手。

「我不跟你跳舞……絕對不要！」

伊佐子看見阿久俊美的臉龐痛苦地僵住了。那不是自尊心受傷時的大人表情，而是失去了愛的少年之臉。這從臉上迸出了心如刀割的悲傷就能清楚知道。

伊佐子想決定態度，究竟要選「愛」或「訓誡」？「愛」已太遲了。另一個，上帝會引導吧——這晚，她提早從舞會回來後便窩在房裡，寫了一封長信。一封嚴肅忠告與解釋的長信。關於為何甩掉他的手，她也坦言了那個難以忘懷之夜的跟蹤，來證明他的身體是骯髒的。她把一切都寫了進去，一切都加以垂訓，認真地祈求上帝指引。只是關於「愛」，她一個字也沒寫。

做了正確的事、值得稱讚的事，這種喜悅為何會開心到雙頰發燙呢？她甚至幾度擱筆，用雙手捧著熱燙的臉頰。

寫完之後不立刻寄出去會睡不著，因此伊佐子從後門溜去郵筒寄信。

「妳剛才去哪裡？」

婆婆一臉擔憂地站在後門口。伊佐子去郵筒寄信後，一路上想著那隻被她甩掉的手、那張俊美少年的臉，就這樣回味了幾百次走回來。到了後門口，看到婆婆站在夜晚的樹蔭下如此問她。伊佐子霎時像從夢中醒來似的抬起頭。這張臉美得令婆婆大吃一驚。

「我去郵筒寄信啦。」

婆婆儘管狐疑，但也單純好意地如此暗忖：

「這麼晚去寄信，不如明天寄限時比較快吧。」

阿久讀了信以後，喜不自勝。因為當初他認為伊佐子的愛沒希望了，為了逃避才去找巷子的那個女人，但這個「愛本身」卻隨後追了過來，這封信無疑就是在報告這件事。他從她虔誠的訓誡到趾高氣揚的做法裡，一一看出了愛的語言。這天，他是放學後和朋友去看電影，快八點回家後才看到這封信，但看完信又想出門了，一心只想著現在就要去見伊佐子。

晚上九點按下門鈴，出來開門的果然是伊佐子。阿久默默地站在門口。伊佐子也文風不動。後來，阿久終於開口說：

「剛才，我讀了妳的信立刻趕來。」

「哦。」

她探頭看了一下屋內，然後走出門外，反手關上了門。黑色瞳眸閃閃發亮，在夜晚樹影搖曳中，看得到她的胸口微微地起伏。阿久沒看過如此美麗的伊佐子。但是，她很平靜。她慢條斯理且鄭重地說：

「你不可以這個時候來，不可以。」

「可是……」

阿久只好閉嘴。一種迷信般的恐懼襲上心頭。難道是他讀錯信，會錯意了嗎？還是說，世上的事情總是這樣運轉的呢？

「我送你去車站。我很怕你不回家又跑去別的地方了。或許我會送你到家喔。」

她邁開步伐。阿久也只好跟上去。

之後兩人不發一語地走著。阿久知道從這裡到車站的路程太短，但也無可奈何。誰能把到車站的距離變長呢？不久，已經看得到熱鬧的站前廣場了。路上行人很少，只有幾間店還亮著燈。兩人越過馬路走向車站。

這時一輛汽車從旁衝了出來，驚險地駛過兩人前面。阿久情急之下扶著伊佐子。伊佐子往後退的背，沉沉地靠在他的右手上。汽車危險地駛過之後，有好幾秒的時間，伊佐子喘息的背依然靠在他的手臂上。

這時阿久確實感受到，自己的手臂是男人的手臂。他從這種觸感似乎明白了，伊佐子即將走向何方。無論她走向何方，阿久也會跟著去。

就算其實是阿久扮演引導的角色，伊佐子也會帶著可愛訓誡者的確信，深信是自己在引導這位俊美的侍童……

——車站就在眼前了。

鴛鴦

久一初次見到五百子，是剛加入騎馬俱樂部不久的事。

久一是個無憂無慮的大學生，也是八大學馬術競技的選手，雖然荒廢了不少學業，但因家道富裕，畢業後就有工作等著他。儘管報紙大肆報導就業困難與失業痛苦，但他拿起報紙只看體育新聞。說到這裡，或許有人會以為他是時下寡情冷酷的年輕人，但心地善良的久一，只不過和一般地善良的人一樣，稍微缺乏想像力而已。這個年輕人單純友善、富於正義感與勇氣，雖然四肢發達，但也擁有直視事物無懼的美麗眼睛與農夫般厚實的手掌。從這些外表也看出，他和時下輕佻浮華的風潮無緣。由於個性過於率直、不夠圓滑，時而成為喜歡嘲諷世事的朋友、帶著幾分嫉妒暗地中傷的對象。儘管父母都很擔心他是否有能力克服未來的風波，但他那種不矯飾的篤實言行，也能感動對他懷有惡意的人。

日本騎馬俱樂部是大守門內的舊主馬寮、脫離皇室財產而改成的法人組織。可容納六十匹馬的馬房，現在只有不到三十匹，由六、七位馬伕一邊抱怨工作繁忙一邊照顧著。其中有位白髮斑斑、身材瘦小的馬伕，逢人就發牢騷，因此經常成為俱樂部的好笑話題。小學生會員經常抱怨他不肯幫助他們上馬。

久一和其他會員還不太熟，通常和同時入會的友人木下一起來。久一很少去休息室，大多在更衣室匆忙換好衣服便去馬場，回來後也頂多去辦公室討論競技會的相關事宜，或聽聽以前當過奧運選手的老教練談當年勇，和俱樂部會員沒有太深的接觸。久一和木下兩人經常蹺課，隨心所欲地跑來俱樂部，尤其五月競技會來臨時（因為大學馬術社的設備簡陋到令人生氣），他們幾乎都來這裡的馬場練習。法式的瀟灑馬褲、擦得晶亮的馬靴，以及後面開叉做成騎馬服的高領學生服，是兩人得意的打扮。但這主要也是為了跳躍障礙那一瞬間，能有完美表現所做的精心打扮。

兩個總是快活、健康，不懂諷刺滋味的年輕人，聊天話題除了馬以外，對於有內容的事情、有內容的問題之必要性，乃至於義務等，他們也不落人後。雖然偶爾會以粗野的言辭來說女人的八卦，但這也只是模仿身為學生的常見做法。關於結婚有著極其陳腐的看法；這種陳腐算是一種誠實的陳腐，有助於他們填補對女學生所幻想的陳腐女人味。他們一致的看法是，要娶個健康貌美的妻子，小孩頂多生三個就夠了。

論外貌，久一長得比木下帥，是個外型搶眼的青年。但若女生對他表達愛意，他的反應十分淡然。即便平日不太有女生告白也毫不在意的木下，對這一點也深表共鳴。二十二歲的久一曾平靜地說出他的感想：「對方主動露骨表示愛意，真是一件掃興的事啊。」對此木下立表贊同，悠哉地應和：「就是啊。這樣凡事變得太簡單了，反而無趣啊。」

兩人都討厭古典音樂，但爵士樂的話，連續放上幾首熱爵士樂也不嫌吵。他們不跳舞，也不涉足愛泡妞的學生群聚的舞廳或派對；書報方面頂多只看報紙的體育欄；至於小說，更是打從出生後沒想過要看誰的作品。

但久一和木下還是有些不同之處，比起馬匹，木下更喜歡馬術；但久一非常愛馬，天生一副照顧馬匹的好脾氣。騎兵上尉出身的老教練更拍胸脯地說，若在戰時，久一一定會是優秀的騎兵將校。即便戰爭時期久一年紀還小，沒有軍隊經驗，但老教練是看他照顧馬匹的細心與愛心才這麼說。久一這個年紀的年輕人，大多喜歡誇耀他們有各種危險玩具，但對久一而言，沒有比馬更值得愛且安全的玩具。馬是溫柔的動物，牠有一顆容易受傷的心、果敢的勇氣，同時也具有懶惰之心與膽怯。布滿血絲的眼睛偶爾會露出敵意或輕蔑，但一旦誓死忠於騎士，會做出人類也遙不可及的獻身。

人們常說純種名馬儼然是一種藝術品。久一的愛馬「王錦」也是一匹血統純正、體格健壯的七歲駿馬。賽馬通常在四歲的春天第一次參加比賽，但騎乘馬六、七歲比較恰當。對審美向來沒有獨創性的久一，就如小孩看到飛機覺得很美，他也覺得「王錦」美到令人著迷。牠的頭總是充滿充實感、自豪地抬得很高；栗色的長毛令人想到精美油畫的描繪法；鬃毛長而清爽；從胸部到前腳的優美線條，猶如天馬般俊美。但久一欣賞的，是牠那毫不畏懼的衝力與迎向障礙時的忠實勇氣。

因為是如此出色的駿馬，「王錦」總是成為騎士們爭相騎坐的馬匹，若想確實騎到牠，必須一大早第一個去俱樂部。每當較為注重課業的木下要去上早晨的課，久一就獨自去俱樂部，然後在晨光清爽射進來的室內騎馬場，騎著精神抖擻的「王錦」繞場。騎了三十分鐘後，會有一、兩位會員加入。因為這是上班族會員不會來的時段，因此大多是學生或婦女。

有天早上，久一從馬廄牽出王錦，看到有個小孩在馬廄前騎不上小馬，於是抱他坐上。這個看起來像小學二、三年級的小男孩，露出靦腆的微笑，在馬背上很有禮貌地說了「謝謝」。剛加入俱樂部不久的久一沒見過這個男孩，但他穿著兒童用的小馬褲，手上拿著馬鞭，模樣相當可愛。久一似乎也能理解這個小孩一大早隻身來騎馬的心情；若自己也從小愛上騎馬，可能也會蹺課、把書包一丟就跑來騎馬吧。

這個任性的小男孩在下一個星期六的下午，於休息室前再度遇到久一時，帶著做壞事被人看穿的親切微笑走近他。這時有個美女跟在小男孩後面，那就是五百子。

五百子今年十九歲，長得很美，有些淘氣，但從眼眸可以看出她有一顆質樸的心，而且有種家教嚴格培育出的冰清氣質。不施粉黛的臉蛋肌膚，雖不能說白皙如雪，但有些曬黑與柔和紅潤的色澤，呈現出無比的朝氣與活力。不知是故意的，還是無意識的，她以責備的口氣叫喚弟弟的名字。小男孩回頭望了她一眼，然後對久一說：「她是我姊姊喲！」這使得五百子不得不向久一點頭致意。家教良好的小男孩，催促姊姊也該向這位抱他上馬的久一道謝。五百子頓時一臉驚訝，她完全不知道弟弟單獨來過這裡。這也使得久一非得說明事情的原委。結果小男孩因為祕密輕易被揭穿，挨了一頓罵。久一連忙安慰他。之後三個人就坐在休息室前的草坪上。未經整理的草坪雜草叢生。久一看著五百子無聊地拔著雜草，手指逐漸被沉鬱的草色弄髒。兩人沒什麼交談。五百子說這個弟弟不像話。久一幫弟弟說話。初次見面的青年與少女，猶如夫妻般淨談著小孩的事。之後三個人去了更衣室，也一起走向馬廄和馬場。

久一是個身心健康的年輕人，但天生對肉慾恬淡，或說從未有過單純肉慾的苦惱，因此缺乏分析能力的久一，對於「喜歡」某件事物的表現，宛如未曾整理的玩具箱雜亂無章。但他喜歡馬，這一點毋庸置疑。他也喜歡年輕女孩，這一點也毋庸置疑。但問題是他面對五百子，沒有世人稱之為戀愛的強烈占有欲，也沒有患得患失的憂心痛苦。他是想見她，但一天的大部分時間他都忘記她的存在。雖然一如往常每天去騎馬俱樂部，倒並不會東張西望地看五百子有沒有來。

一天，午後陽光西斜時分，因為王錦被人捷足先登，久一改騎灰毛的「瀧長」，木下騎栗毛的「常歌」，為了做障礙練習，兩人直接從馬廄騎去舊城堡內部。舊城堡四周石牆圍繞，是個占地約兩千坪的高崗草地，設有自然樹木的障礙、乾溝與杉籬。久一突然策馬奔向架有雜亂橫木的障礙，結果「瀧長」猶豫了半晌竟繞著障礙物旁邊走了過去。

「這匹馬是怎麼搞的？真拿牠沒轍。」

「切出右側嗎？」

指的是馬沒有跳過障礙而改走旁邊。

「嗯。」

「縮短左手的韁繩，用力踢右邊馬刺就行了啦。」

「問題就在這個辦法也不管用。要是王錦，根本不會有這種問題。」

久一說這話的時候，王錦的馬首正好出現在石牆的一角。

當這匹無懈可擊的美麗駿馬全身都出現時，騎士朝向這邊點點頭，久一才知道騎著王錦的是五百子。她厭倦了馬場運動的單調，獨自騎來舊城堡。由於迎接她的兩個男人都露出嚴肅的沉默，五百子便不以為意地策馬奔向久一剛才沒跳過的障礙。當然，王錦輕易地一躍而過。在那瞬間，五百子鮮豔的衣服裡襯在天空飄了起來。看到這一幕，久一覺得自己愛上了五百子。

馬廄關門的時間快到了，於是三人從舊城堡沿著吳竹寮邊界的騎馬道回去。沿途經過彷彿群鳥啾啼而彎下的樹枝時，三人不由得笑說：

「真是吵死了。」

五百子、久一和木下都不知道小鳥叫起來這麼吵，久一更是大吃一驚。因為過去他從未因某種聲音的干擾而恐懼過。

三位騎士看見左邊圖書館書庫的窗戶已拉下鐵製百葉窗，在夕陽殘照下顯得些許黯淡。當他們沿著壕溝邊往平川門走去時，遇到一輛兩匹馬拉的馬車快速奔來，趕緊退讓一旁。穿著金線斑駁脫落雙排釦長禮服的馬車夫，露出漠無表情的側臉與他們擦身而過。

不知何時開始，五百子已走在最前面。她偶爾會回頭看看，有意無意地露出微笑。王錦走過長滿綠葉的櫻樹林蔭道。

「她怕毛毛蟲吧。」

木下天真無邪地說。久一也在思索那個微笑的意義。但久一壓根兒不適合做這種思考，索性快馬加鞭趕上五百子，與她並駕齊驅。

「有什麼事嗎？」

「剛才木下說，妳可能怕毛毛蟲。我不放心所以過來看看。」

「咦？為什麼這麼想？」

「因為妳剛才對我微笑。」

五百子不記得自己對他微笑過。回到俱樂部的休息室後，久一明顯露出心神不寧的樣子，木下見狀機靈地先走了。今天五百子沒有帶弟弟來，於是久一邀她一起走出漾著暮色的內櫻田門。

兩人聊著聊著，發現彼此有許多共同點，意見也不可思議地經常不謀而合。譬如兩人邊走邊聊時，有一段這樣的談話。

「妳看小說嗎？」

在莫名的強迫觀念驅使下，久一開口問。

「哎呀，我從不看小說的耶。」

「萬歲！我也沒看過小說呢！為什麼呢？可能我很討厭什麼藝術啦，藝術家的。」

「我也是。你不會認為這是一種偏見或什麼吧。總不能說有人討厭大蒜，就說這是偏見吧。」

「沒錯！就像我，全世界最喜歡的是妳，其次是馬。就算其他什麼都沒有，我覺得我也能活得很好。」

「我也是喲。我覺得我先天就知道，小說是一種毒藥。真搞不懂世人怎麼那麼愛看小說。不管看哪一本，反正寫的東西還不都差不多。」

「我覺得小說這種東西，一定是為了想挑撥像我們這樣的關係。所以那些好事囉唆的人才會喜歡看小說。」

「為什麼有這種無用的東西呢？為什麼有這種多餘又越矩的東西呢？這就好比照片印刷的顏色跑掉了，又像和服的顏色溢出了和服之外。我覺得這是不對的。溢出的顏色遲早要回到和服裡。」

「妳說得很有道理。我對自己很滿足，從未感到不滿或痛苦。我對自己這麼滿足，但我可不是腦腸肥滿的中年男人。我真想讓那些小說家看看，這麼年輕又俊美的我。雖然我很滿足，但自從遇見妳以後，我開始覺得我的滿足太小了。如果妳願意和我結婚，我就能更加更加地滿足了。」

「我還無法回答你這個問題，請再等個兩、三天吧。」

兩人因為聊天而走了一些無用的遠路，結果走到暮色低垂的廣場草坪來。而這裡的路燈已經亮了，情侶們為了避開路燈紛紛躲到樹叢裡，接吻聲和低語聲如漣漪般傳了過來。小狗到處徘徊為了尋覓吃剩的便當盒。聽到遠處的狗吠聲與汽車的喇叭聲交相傳來，五百子因寂寞引發了熱情，不由得倚在久一的肩上。她低垂著雙睫，但嘴唇朝向星空。想擺脫這種極為輕度的抒情危機，對久一而言猶如在解幾何學的難題。若因自己眼裡沒有溫柔的光芒而引起誤會也無可奈何，他抱著這種毅然決然的態度，甩開五百子自動挽過來的手。他這麼做的理由之一是，傳到手臂上的溫暖呼吸壓力，讓他有種被調戲的感覺，覺得自己所愛的這位美少女的各部位肉體都竊竊地在嘲笑他，笑得枝頭亂顫，這使得他很不舒服。

於是他擺出男子氣概的態度，斬釘截鐵地說：

「我們要小心，千萬不能步上那些人的後塵。我們不能成為唯恐天下不亂之徒的犧牲品。或許這麼說有點太早，但我們還是本著無怨無悔、確實的幸福、篤定的滿足、適度的自尊心來行動吧。我們應該把平凡且沒有例外的生活，當作一生努力的目標。就如同我們忠實於錯誤，也應該忠實於理性。如此一來，藝術家就無法再誇大其辭亂說話。我已經滿足於自己是被創造的，他們還想僭越地繼續創造。他們那麼愛創造，但也從未創造出比人類的小孩更完美的東西。」

「真的是這樣。」美麗的五百子略顯忐忑地答道：「可是，如果我們選擇的生活方式恰巧和某一本小說寫的生活方式一樣，那就太無趣了。」

「可也不見得一定無趣喔。因為完全巧合相同的話，表示那是一個巨大的神祕。儘管如此，我們如此輕蔑臭罵的小說，或許也一直在盯著我們，搞不好我們隨時有被暗殺的危險。也就是說，我們的命運是誰也不知道的。」

「別說這種嚇人的話。我第一次見到你就忍不住愛上你了。」

「我也是。」

兩人笨拙且生澀地接吻了。

戀愛進行得很順利。那種沒有任何障礙的戀愛之快速與無聊，使得我這個在一旁看的人都傻眼了。昨天，我參加了久一與五百子的婚禮。

木下發表了充滿友情的演說，但他愈努力想博人一笑，場面愈顯得尷尬可笑。但無論如何，木下已克盡朋友的職責。他沒有變成久一的情敵，也沒妒火中燒，始終以美麗的友情對待久一。世上也有這種罕見的例子啊。

要是沒碰到那個喜歡把整個世界塗成灰色的諷刺家A，我也會覺得這場婚宴令人感動且回味無窮。偏偏，A來我旁邊悄悄地說：

「世上真有這麼巧的事啊。久一和五百子的母親都是受小說家所騙而生下他們。不過請放心，那個小說家不是同一個人。畢竟小說家多得滿街都是。但他們的母親卻以詛咒藝術家做為胎教，結果生出如此完美的小孩。你知道今天這對新人最大的幸福是什麼嗎？我來告訴你，那就是他們不知道自己的出生祕密。」

——但是，我不想聽這位諷刺家的中傷而塞起耳朵。

人偶之家

這是個有點童話風的故事，也是扮家家酒般的故事。但我確實曾活在這個童話裡。若你不知道我平時是個吹牛大王，你一定會相信這個故事。

今年我終於找到工作，大學也畢業了，事情終於告一個段落，迎接春天的到來。但在去年三月初，我考完大二期末考時，還不需面對出社會的種種不安，心情十分輕鬆愉快。

你也知道，去年為了慎重起見，我只修了少數學分，因此能把書唸得更好，而且我的考期從二月二十四日開始，在三月二日就結束了。所以我把還困在考試地獄的朋友丟在一旁，一個人悠哉地去逛銀座。那是三月三日，下午四點的事。

我是為了看電影而出門，但沒定性的我，並沒有習慣在出門前先看報紙的電影版，確定哪一部片子、在哪家戲院、幾點幾分開映；我總是興致一來就出門了。到了戲院，看了看板，不喜歡。然後又悠哉地走去另一家戲院。

就這樣，我走了四、五家戲院。因為不管哪家戲院，都沒有值得我花一百多塊去看的電影。其中也有一部口碑不錯的片子，但這在考試前反而瘋狂想看電影的時候，已經看過了。其他都是些沉重的中年悲戀，或是加勒比海的海盜不管遇到什麼危險都會獲救的陳腐浪漫劇，這些片子都不適合大考完第二天看。

於是我放棄了，離開電影院四處閒晃，看到路邊一間店鋪的櫥窗裡插著桃花，擺設雛壇[10]。這時我才意識到，原來今天是女兒節。自從去年夏天妹妹死了以後，父母就只剩下我這個大妹妹四歲的兒子，因此根本沒心情把壁櫥裡的人偶娃娃道具拿出來擺飾。

今天正是女兒節當天。但這種事對我已經不重要。認為這理所當然、會關心女兒節的大學生，通常只有愛吟詩作對的乖僻青年吧。

不管是不是女兒節，這天都是早春美好的天氣。狂風挾帶灰塵吹襲的季節還沒來，天空冷得像青瓷，飄著幾抹無依無靠如刷毛般的雲絲。然後天色逐漸暗下，已然亮起的街燈與大樓的燈光，開始把白晝的陽光趕離街道。

我不愛喝酒，也沒有足夠的零用錢獨自在外面吃晚餐。既然沒有想看的電影，只好回世田谷的家。

但獨自漫步也滿享受的，我把手插在大衣口袋信步而行，來到一間書店，站著看四、五分鐘的書又離開了。

10 日本女兒節用來陳列人偶娃娃的壇架。

你是否想問我，難道這時沒有女朋友，能陪我在考完試的隔天，一起在無憂無慮的黃昏裡攜手散步嗎？

沒有。雖然我有戀愛經驗，但沒有更進一步的經驗。我想大聲說一件事，部分大人認為戰後的青年都在十幾歲時失去了童貞，這種荒謬的臆測離事實很遠。無論任何時代，青春的苦惱大多在於內部，而非外部。就像今天，在這個阻撓青春的外部障礙眾多的時代，比較不會在意內部的障礙，因此沒有失去童貞的正經青年反而變多了，這個相反的理論是成立的。

我並無意談論這種事，更何況這種歪理不適合我。

坦白說，那時候我沒有專屬的女朋友。她在半年前，結婚了。

因為這些種種，我只有回家一途。雖然我不討厭回家，但現在我實在不想回家，於是就漠然地在銀座閒逛。以這種心情走在銀座的人，除了我以外一定還有很多。

在傍晚人潮最多的時刻，離櫥窗較遠的地方，走在路上的女人的臉有點昏暗，看起來別有風情。我走到數寄屋橋的十字路口時，突然想走上通往土橋的寬敞暗路。那裡的步道行人很少。我在已拉下鐵門的D大廈再往前兩、三間店鋪，發現了一間很別緻的小鋼珠店。

就如你也知道的，我是小鋼珠高手。雖然這種高手沒什麼好自誇。這間小鋼珠店一定是酒館之類的地方改建的，外面是山中小屋的風格，裡面有架著熏黑大橫梁的天花板。機器大約有三十台，客人只有七、八個。

我在第一台機器，一下子就賺了兩包光[11]。在鐵片上畫著彩色醜女能面的臉與色彩鮮豔的富士山後面，那輛小車不停地轉啊轉。當小鋼珠經過那裡之後，車子依然在轉動。我總覺得那後面一定住著一隻很小的老鼠……不久，珠子突然消失在鐵片上的扇子後面。隨著信號鈴聲，珠子氣勢如虹地滾出來。

但是店家可能擔心，偷偷在後面動了手腳，後來這台機器就不再滾出珠子了。我拿去領了獎品「光」之後，因為還想玩又買了珠子，挑一台可能會中獎的機台，走了過去。可能會中獎的機台，憑直覺看得出來。

這時我看到一名女學生心無旁騖地坐在隔壁的機台。最初引我注意的，是她那時下罕見的兩條麻花辮。烏溜溜的黑髮緊緊地編出兩條生動的麻花辮，一條垂在胸前，一條宛如標誌般捲成圓形掛在肩上。

她穿著樸素且乾淨的深藍色大衣，紅白斑點的圍巾下露出水手服。一般少女後頸髮根，

11「光」是香菸品牌名。

通常覆蓋著模糊的汗毛，給人一種像老鼠的感覺，但她從耳際到後頸的肌膚白皙如雪。

不過首先引起我的好奇心、想看看她的臉，是因為那兩條時下罕見的麻花瓣。

我一邊扳動搖桿，一邊側眼偷看她的側臉。

「啊，是死去的妹妹。」霎時，我心想。

這種印象太詭異了。但再定睛一看，這位少女根本不像我妹妹。她的眉毛略微濃密，圓圓臉蛋上的酒渦（這個酒渦可能是太過專心打小鋼珠，用力緊閉嘴巴所造成的），可愛的鼻子、大眼睛，這些都和妹妹不像。可能最近我有個毛病，只要看到和妹妹年紀相仿的少女就會想起妹妹。

接下來我轉動眼睛，看向少女握著搖桿的手指。

她的手指有種「半睡半醒」的樣子，雖然談不上修長，甚至顯得笨拙水腫，但握著搖桿的拇指與下面四根手指的表情，看起來像是沒有自覺地在動，呈現恍神狀態。手指用力時，宛如被強迫按動搖桿。

我看她手指的動作看到入迷。無論放進多少珠子，最後都無疾而終。但少女的珠籃裡有著堆積如山的珠子，機械式一顆一顆從右邊的洞進去，機械式地轉動手指。忽然，那手指像是意識到有人在看它，變得僵硬而拘謹。

我回過神來，睜大眼睛，發現這個少女正目不轉睛盯著我瞧。

她笑了，但眼睛沒笑。我第一次看到如此令人印象深刻的眼睛。那雙又大又黑的瞳眸，直勾勾地盯著我，好比外國人的眼神，宛如在看什麼難以理解的事情。但她的雙眼確實看穿我的心思，綻放黑色火焰想把我燃燒殆盡。總之，這是一雙難以形容的眼睛。圓潤豐滿的臉龐與微笑，讓我聯想到熟透的橘子。

我頓時瞠目結舌。

「我來教妳打吧？」

少女默默地，用力點頭。而且點頭的幅度之大，宛如在贊成什麼重大意見，非常好笑。這使我的心情輕鬆了起來。

「像這樣做。首先妳到一部的機器前面，先把四根手指貼在搖桿下面，然後用拇指壓住搖桿。如果這樣珠子能進去最好，要是沒進去，接下來鬆開下面的一根指頭，只用三根指頭來打。就這樣一根根地減少，直到珠子進去為止。要訣在於大拇指以外的四根手指的調節情況。」

「像這樣？」

她像個小小孩，乖乖照我的話做。結果搖桿下面剩三根手指時，珠子順利滾出來了。再試一次，又出來了一次。

但她沒有露出很高興的表情。在流出這麼多珠子後，她一副毫不眷戀的表情，像個要離開化妝室鏡子的女人，從機台的玻璃前離開了。

「怪了，怎麼沒跟我打聲招呼就走了？」

我如此想著，雙手捧著珠子，目送她的背影走向出口。她在領獎品的窗口，低著頭不曉得在說什麼，不久接過一包「光」，一臉歡天喜地朝我走來。

「這個，送給你。謝謝你。」

「真的要送我？」

我這個人的個性向來是來者不拒，於是我收下香菸放進口袋，望著少女隨時會說「再見」離去的臉。但少女什麼也沒說，一直站在那裡，似乎沒有離去之意。迫於無奈，我又走回機台。但手氣不順，珠子半顆也沒出來。全部打完後，掏出手帕，擦拭髒掉的手。

然後我們並肩走出小鋼珠店。我實在太高興了，所以並肩走路時，並沒有看她的臉。

過去我從未有過這種經驗。走了一會兒，少女將手勾在我的手臂上。那個動作極其自然，自然到絲毫沒有嚇到我。

「真是怪了。」我在心裡暗忖。「這女孩也太天真無邪了吧？還是說，她是故意裝出天真無邪的娼婦？」

我們站在十字路口等紅綠燈時，少女專注看著半空中的電子看板內容，即使號誌燈轉綠了，我催她過馬路，她也遲遲不肯動。

我們漫無目標地走著，少女也只是默默地跟著我。就像時而在街角有小狗跟來，好像到哪裡都會跟你去似的，這個少女也像這樣。

我滿懷好奇，想問她原委。無論她是哪種女人，反正我只不過是一介學生，要錢沒錢，也不用擔心被敲詐。

「肚子餓不餓？」我問。

「嗯，有一點。」

少女露出一抹傻笑。我很喜歡她的笑容裡沒有絲毫卑屈之色。

我走到有樂町站前的一處吵雜街區，進入一間以學生為主要客層的餐廳。我問少女要吃什麼，結果點了兩份雞肉茄汁炒飯。雞肉茄汁炒飯是可愛的晚飯吧。她乖乖地吃著，時而抬眼看我。

我怎麼猜都猜不透她的心思。正在聽我述說的你，想必也猜不透吧。雖然她穿著樸素，但看起來不至於窮到要叫路人請客的地步。

「妳叫什麼名字？」我從名字問起。

「神田清子。」

「妳會隨便和路邊認識的男生交往啊？」

這問得有點失禮，但她看起來絲毫不介意。

「不會。只有你。」

「那真是謝謝妳啊。」我已經有餘力開玩笑了。「可是……我又沒什麼特別，為什麼非我不可呢？我實在搞不懂啊。」

清子仰起白皙可愛的喉嚨，喝著杯子裡的水。

「因為，我看到你的時候，就知道一定是你了。我從以前就夢見你很多次喔。你和我夢見的人長得一模一樣……今天是女兒節吧。我家會擺飾古老的人偶娃娃，也會喝白酒12喲。我家只有媽媽和我兩個人。媽媽今天早上看著雛壇這麼說：『妳真是個可愛的女人偶，可是沒有男人偶呀。』」

「嗯……」我愈來愈好奇。

「所以我就跟媽媽說：

「『好吧，我去找男人偶回來。』

「『這樣也好，妳去找吧。不然就沒辦法慶祝女兒節了。』

「『我會找到晚上，妳要等我喲。』

「『好的，沒問題。我會祈求人偶娃娃讓妳趕快找到。』

「『媽媽，我從以前一直夢見一個人喔。今天可能會遇見那個人。』

「『是怎麼樣的人？』

「『非常溫和善良的人。媽媽一定也會喜歡他。』

「『真令人期待啊。快去把他找回來吧。』

「就這樣，所以我今天才到東京來。」

「到東京來？妳家不住在東京啊？」

「算是東京都，不過在北多摩郡。」

12 此處的「白酒」並非白葡萄酒，而是在蒸熟的糯米中，加入味醂，或加入燒酎和米麴混合釀製的白色日本酒，為女兒節特別限定酒，又稱「桃花酒」。

「咦？那滿遠的耶。妳居然從那裡，一個人來到這裡啊。」

「我有時也會來看電影呀。」

「妳沒朋友嗎？」

「一個也沒有。」

她答得十分果斷，但不帶絲毫感傷，說得理所當然。

我大吃一驚，聽得出神。她說話的這段時間裡，我完全聽不見汽車的喇叭聲，或小鋼珠店用擴音器播放出來的流行歌曲。不僅如此，連店裡播放的爵士樂唱片都在耳際過門不入；感覺店裡一片靜謐，只有我們兩人。

然而說著說著，她也把雞肉茄汁炒飯吃光了，看著我還剩三分之一的盤子問：

「你不吃嗎？」

吃完飯後，你猜我們做了什麼？極其理所當然地，我照她說的，跟她一起前往北多摩郡的家。

武藏小金井站，是三鷹站再往前兩站。搭乘中央線的漫長時間，我得以細細地觀察清楚。由於正值尖峰時間，直到中野、荻窪一帶都很擁擠，她緊緊抱著我勉強抓著吊環的身子。

體，每當搖晃時，她就拉我大衣的衣領。

我當然也知道，戀愛中的少女不可能有這種滿不在乎的表情。她默默地看著我大衣的杉綾布料，顯得很好奇。她的身高剛好到我的肩膀。看著看著，開始用手指撫摸杉綾布料的波形織紋，最後還伸出手指摸我領子上的徽章。簡直把我當作一棵樹。

「這個Ｊ字的徽章是什麼？」

「是法律。」

「是法律啊？嗯，好厲害哦。」

但她說這話的口吻無動於衷。我們兩人看著車窗外，快到新宿街區的燈火。

今晚我不可思議地覺得，電車是在那片燈海中停車、發車，然後又遠離這片燈海樂園。覺得搭乘的電車宛如一艘船。因為朝向未知前進時，我總會想起航海。

後來有了空位，我們兩人都坐下來。但已無話可說。若要再聊下去，可能會變成談身世背景或偵訊了。

清子和我倚身而坐，兩人都看著正前方。我絲毫不認為自己的長相適合當男人偶，但是想到自己像人偶般被放在用棉花包起來的盒子裡，不免感到好笑。

在武藏小金井站下車後，市街很小，立刻進入昏暗的郊外道路。我跟著清子的步伐走，但一路上只有我的鞋聲，因為這雙是剛買的學生鞋。不過走在市中心的馬路時，鞋子的聲音並不明顯，這回走在寂靜昏暗的郊外道路，那種啾啾啾的鞋聲大得驚人。我發現清子走路完全沒聲音。這個發現讓我頓時心頭一驚。但謎底其實沒什麼，因為她穿的是白色帆布運動鞋。

她一雙腳在昏暗的道路上，無聲無息地輕輕移動，看起來好像夜裡的一對白蝴蝶。

夜晚寒氣逼人，我立起大衣的領子。道路兩旁是武藏野知名的高聳櫸木林，走完這條林蔭道，接著是一片綿延不絕、翻犁過的柔軟起伏黑土農田。夜空薄雲覆蓋，月亮尚未出現。只見遠處低矮的森林連成一片迷濛的黑影。

這時，一輛腳踏車的車燈搖搖晃晃地接近。

騎車的年輕人，歪著身體，看著我們騎過去。

當這個車燈照出我們的大衣時，我第一次感到一種近似色情的氛圍。在此之前的發展太過於非現實，因此離色情或戀愛很遠，但腳踏車頭燈射出的微弱圓光，突然，把我們兩個在走路的人變成了現實。

你可能想揶揄我，說我想在這裡接吻吧。畢竟是人煙稀少的道路，天色又暗，想接吻也是很自然的事。但是，我們沒有接吻。我只是終於牽起她的手。她的手很小、很柔軟，而且非常冰冷。

我完全沒想到，自己竟然如此大膽。被第一次見面的女孩，帶到這種人煙稀少的荒郊野外竟也毫不在乎，一定會被歸入大膽族群吧。但是，我覺得一切都很自然，宛如被上了麻醉，完全無法思考。

清子左轉後，接著又右轉。經過墳墓與竹叢旁邊時，她害怕地握緊我的手。

不久，走出高聳樹籬旁，我聽到安靜的流水聲。

「這是什麼地方？」我問。

「堤防呀。那個行道樹是出名的櫻樹林蔭道喲。」

原來如此。宛如水墨畫的濃密櫻花老樹，依然還是枯枝狀，排列在高於道路半米的堤防邊。

「那就是我家喲！」

清子拉高嗓門說。稀疏的樹籬露出了燈光。

「我們從院子進去嚇她吧。」

走到樹籬前，她壓低聲音悄悄地說，然後牽起我的手，打開樹籬一角的柵欄門，進入院子。院子竟然有兩百坪。樹木很少，枯草垂倒在地，處處可見斑駁的山白竹。靠近房子那裡，圍繞著洗手盆的山白竹長得特別高，朦朧地透出屋內的燈光。旁邊一棵老紅梅，稀稀疏疏開著梅花。

透過玻璃門可以清楚看到點燈的屋內。一間八個榻榻米的房間裡，擺著很大的雛壇，雛壇上有緋紅色毛毯與內裏雛[13]，皇冠的瓔珞金光閃閃，從院子看過去豔麗奪目。

一位身材嬌小的初老女人，低頭坐在火缽前。榻榻米上攤著雜誌，她一邊就著火缽暖手，一邊看雜誌。

清子的白色帆布運動鞋，宛如跳舞般蹦蹦跳跳走到玻璃門前，忽然用手掌拍打玻璃，聲音大到讓人覺得玻璃都快破了。

從外面也看得到，身材嬌小的老婦人像彈簧般跳了起來。

清子樂不可支地大聲說：

「媽，我把他帶來了喔！」

我不太好意思走過去，覺得自己好像變成被藏在壁櫥角落很久，今晚被豐腴的手指翻找出來的筆刀、小錢包、珍貴托盤之類的東西。

神田家的女兒節之夜完美到令人驚豔。我有生以來從未度過如此完美的女兒節之夜。戶外一片靜謐。側耳傾聽，只能勉強聽見遠處的電車行駛聲。

室內燈火輝煌，使得我這位坐在雛壇前的客人很不好意思。尤其我胸前亮晶晶的金釦子，讓我覺得更難為情。我就這樣誠惶誠恐地坐著。

「謝謝您光臨寒舍。」

清子的母親對我行了一禮。我抬起頭時，她的頭還伏在榻榻米上。

這個家的一切都煞有其事，以誇張的禮儀進行著，顯得非常隆重。清子為了幫母親，一起去了廚房。我暫時獨自被留在這間八個榻榻米的房間裡。

最上層的內裏雛後面，圍著小小的金屏風，但連屏風上的五金零件都是精雕細琢的金屬雕刻，不是現代的作品。用絲綢罩著搖晃火焰的六角燈籠也一樣。其他配置的三名宮女、右近橘[14]與左近櫻[15]的細緻人造花、五名樂師、雜役等等，都做得巧奪天工，古色古香。其中

---

13 模擬天皇與皇后的人偶娃娃。
14 仿照京都皇宮紫宸殿的橘樹。
15 也是仿照紫宸殿的櫻樹。

雜役的滑稽面容，是模仿古畫卷中的庶民面貌。

菱餅[16]擺在蒔繪畫的高腳盤上，白酒裝在繪有描金花紋的一對水晶玻璃小瓶裡，大約香水瓶那麼大。尤其令人驚訝的是「雛道具」[17]之做工精細與種類繁多，有帶門的衣櫃、書櫃、長方形衣箱、藤籠、火盆等等，都繪有宮殿式的蒔繪畫。最下層則飾以各種木目込人偶[18]與御所人偶[19]，以及象牙的老虎和獅子。

「不好意思，讓你久等了。」

清子的母親，端來膳台[20]給我。接著清子也一臉正經地端著膳台進來，坐在我旁邊的坐墊上，將膳台放在自己前面。

我看了大吃一驚，因為兩人的膳台都小的令人傻眼。

說得誇張一點，這個膳台只有菸灰缸那麼大，飯菜簡直像用鑷子做出來的。膳台上確實擺著木碗、飯碗。打開湯碗，裡面浮著淡紅的小麩片和三、四條冬粉，還有一葉鴨兒芹。

我愣在那裡，猶豫著要不要動手。

清子看了我一眼，笑說：

「要不要喝白酒？」

「對哦，喝點白酒吧。」母親也說。

我們的膳台上，放著一只幾乎看不到的小木杯。

母親起身去了廚房，拿來一個像攜帶型筆墨盒的東西，但其實是個小型的長柄酒壺。壺嘴上用金銀色紙繩綁著紅白紙折成的蝶花。

我倉皇地遞出酒杯，母親只斟了一、兩滴酒，杯子就滿了。

「別客氣，請乾杯。請。」

由於母親一臉正經地勸酒，我也很乾脆地一飲而盡，差點連酒杯都吞進去。

白酒一連斟了好幾次，酒壺也一下子就空了，所以母親去添了好幾次酒。我不禁在心裡犯嘀咕，為什麼要這麼麻煩呢？但因為是別人家，也不便說什麼。

沒多久，清子說：

「哎呀，我醉了。好舒服哦。」

16 菱形年糕。
17 模仿武家結婚的喜慶家具。
18 日本傳統人偶的一種，衣服不是穿上去，而是一片一片壓進木偶原先就刻好的木縫中。
19 皮膚白皙，大頭的裸體男童人偶。
20 裝著一人份飯菜的小餐桌。

「妳喝了不少啊，這也難怪。」

「我臉紅了嗎？」

「沒有，一點都不紅喔。不過在燈光的反射下變得光潤嬌豔，像個美麗的人偶娃娃呢！」

「媽，人家睏了。」

清子彷彿忘了我就在她身邊，發出嬌滴滴的聲音。她扭動身子，坐姿顯得有些慵懶，雙腳藏在有許多縐褶的裙子裡。

「睏了就去睡吧。」

「那我就失陪去睡囉。」

「這樣好嗎？這孩子真的很想睡。」

母親對著我說。我絲毫沒醉，也不可能醉，但這裡的氣氛卻如夢似幻地讓我覺得醉了。雛壇上六角燈籠的燭光，模糊了我的眼睛。

「請便。」

「好了，清子，站起來。去那邊我幫妳換睡衣。」

「晚安，哥哥。」

清子第一次如此稱呼我，然後身體稍微往後仰，站了起來。

「哥，那我先去睡了。」

母女倆離去後，我突然醒了。

「先去睡」是什麼意思？

母親送女兒上床回來後，我向她告辭。但她無論如何不讓我走，說已經沒電車了。但現在才晚上十點。

我和她僵持了好一陣子。我家是不允許不告擅自外宿的。可是看到六角燈籠燭光搖曳下的內裏雛，我心軟了。想到那個美麗的麻花辮頭髮，心中更是充滿前所未有的奇妙感覺。

「那我今晚就打擾了。」

我像個學生彬彬有禮地說。臥房想必是另一個房間，我就在那裡想著麻花辮少女，慢慢地入睡吧。

母親送來了睡衣。我也乖乖地換上了。

在這之間，她為雛壇上一盞已經燃盡的六角燈籠點上了新蠟燭，吹熄了另一盞絹罩燈。由於她身材嬌小，吹熄蠟燭時還踮起了腳尖。然後她拿著點了蠟燭的六角燈籠，帶著換好睡衣的我走向走廊。走廊很冷。當她拉開走廊盡頭房間的紙門，昏暗中傳來一陣奇妙的甜蜜香氣。

「請進。」她說。

在一床鋪著豔麗友禪蓋被的床上，我看到一個白色枕頭。她拿著六角燈籠靠近枕頭，這時枕頭邊出現了另一個枕頭，枕頭上橫臥著烏黑亮麗的麻花辮。

我倒抽了一口氣。

那張回過頭來的臉，在六角燈籠的燭光中笑了笑，然後默默地掀開棉被請我進入。朦朧的燭光中，依稀看得見少女的乳房。清子全身赤裸。

通常，處男與處女共枕，不見得會達成完美的性事。但那一晚，身為處男的我，陶醉到渾然忘我，想必會跌破大家的眼鏡。但畢竟那一晚，是最適合奇蹟或難以置信之事發生的夜晚。想到這裡，我也無話可說了。

翌日清晨，薄霧瀰漫。她沿著堤防送我到車站。一路上兩人默默無語。在剪票口道別時，你猜清子說了什麼？她說：

「早點回來喔。」

然後以那雙黑色火焰般的瞳眸凝視著我，握住我的手。

我沒有再去那個人偶之家。

因為害怕？因為不想讓一夜幻影變成事實？因為到最後淨是些難以理解的事，我想好好珍惜這種難以理解？我想最好的理由是：那一晚，以一個處男的初夜來說，沒有比這個更美好的。

接著到了初夏，我認識一個現實裡的女人。但在中秋被她甩了。

那個衝擊大到我難以承受。我發瘋似的衝出家門，搭上夜晚的中央線，在武藏小金井站下車。

那是個秋月皎潔的夜晚，以前和清子走過的道路充滿了蟲鳴聲。月光將許多樹影變成詭異的形狀映在路面上。我幾乎都用跑的，因為太急了搞錯應該轉彎的道路。不管怎麼走都找不到那個樹籬，也走不到那個聽得見水聲的堤防。

看到一間藥房兼雜貨店兼香菸店的鄉間店家還開著，一位大叔臭著臉坐在櫃檯，我上前尋問神田家在哪裡。

「哦，那對神經病母女的家呀？」

大叔以跟他的臭臉不搭、無憂無慮的口吻，並帶著鼻音說。

「神經病？他們家有個女兒叫清子。」

「對啊，那個女孩和她母親都是善良的瘋子，但也都是花痴。她們什麼都不做，就靠著離婚老公寄來的錢過日子。因為不認識的人看不出她們是瘋子，不曉得勾引過多少男人，有一陣子還鬧得沸沸揚揚呢！不過最近沒人在談她們的八卦了。大家也都談膩了。而且這半年來也沒聽過勾引男人的傳聞。不曉得她們現在過得怎樣，只是誰也沒興趣去看就是。」

這個衝擊大到我臉色蒼白。我問了路之後，連聲謝謝都沒說就走了。

你應該可以想像，到底該不該去，我有多猶豫吧？但即便猶豫我還是去了。走著走著，我聽到了些許流水聲，終於走到了堤防的路。

神田家已近在眼前。但因秋天，樹籬沒有上次春寒那麼稀疏，隨著腳步接近，燈光也逐漸顯露出來。我站在柵欄門前，輕輕一推門就開了，眼前是一片秋草叢生、蟲鳴四起的荒涼庭院。

和當初同樣的位置，有個東西進入我的眼簾。紅色閃閃發亮的東西。透過玻璃門看得一清二楚。雛壇的擺飾也和那晚一模一樣。

你可能會笑說，哪有人在中秋過女兒節的。但若是狂人，連在盛夏也有權利過女兒節。

我定睛凝望。

穿著水手服的少女與身材嬌小的母親，和那天一樣面對面坐著。無論姿勢、位置、方向，都和那天我坐在少女旁邊一樣。前方耀眼的緋紅色毛毯上，內裏雛的金色瓔珞閃亮地搖曳著。而且我的耳畔充滿了秋蟲鳴聲。

我在那裡站了很久。那對母女動也不動，猶如木刻的雕像。彷彿我若出聲叫她們，她們真的會化成木刻的雕像……

不久，我終於離開了這裡，折返車站。

你會如何解釋呢？

從我拋棄少女的那天起，這對母女就這樣夜夜等著我嗎？男人偶沒回去的話，即使到了秋天，女人偶也不能停止女兒節嗎？

你說這種想法太天真？不過甜美的故事通常有天真的想法，這是無可奈何的基本配備。若瘋子能創造出如此甜蜜的故事，那麼神智清醒的我們，是否該為神智清醒到無法想到的甜蜜幻想，對他們表示敬意呢？

還是說，你認為我是一派胡言？

清晨的純愛

・上・

那天清晨，良輔夫妻吻了一個久違的甜蜜之吻。

雖說是清晨，但也只是東方魚肚白，他們望著天空、走到陽台，猶如含著薄荷水般，在對方的唇間感到黎明的空氣，然後又以徹夜口腔含的熱氣火辣舌吻，永不嫌膩般地吻了很久很久。

雞鳴四處響起，果園裡的樹木還籠罩在晨靄中，雖已進入五月，依然寒氣逼人。妻子玲子穿著青色性感睡衣，但踮起腳尖、摟著丈夫的頸子，因此乳房從無袖睡衣的腋下溢了出來，看起來猶如在晨風中搖晃。

玲子四十五歲，但擁有不見絲毫疲態的雪白肌膚，她的疲憊都藏在內部，沉澱在深處。雖然有時像水底的黑沙般透明可見，但那已經不是肉體的領域。該怎麼說呢？或許可以說她精妙地維持肉體表面不受世上任何事情影響，保持上層透明清澄的部分，就這樣活著、老去……而這世上所有的塵垢，則讓它堆積、沉澱在肉體的深沉底部。對她而言，肌膚的深沉底部已不屬肉體領域。這可稱為精神領域，或總是進行著腐敗與分解作用的塵垢處理廠領域，或是雖生猶死的領域……而且這個領域絕不會到外面來，亦即絕不會對她的肉體造成影響。

這一點，五十歲的良輔也一樣。當初兩人認識時，簡直被認為是天造地設的一對璧人，良輔二十三歲，玲子十八歲。包括戰爭期間兩人交往了七年，戰爭結束後良輔解召返鄉，兩人結婚時丈夫三十歲、妻子二十五歲，之後二十年的婚姻生活裡，因為沒生小孩，一直都是兩人世界。

良輔住在戰後父親留下來的房子裡，沒人知道為什麼他們可以二十年過著不用工作的日子。有人說是因為戰爭結束前，良輔的母親從外地偷偷運了大量鑽石進來。母親在面霜盒裡藏了很多十克拉以上的鑽石，偷偷地帶回日本。

但父母過世後，良輔為了維持夫妻倆的生活，確實也發揮了他的理財天分，非常懂得利用當時的經濟情勢致富，因此可以不用工作過著逍遙的日子。但這種無所事事也宛如一種復仇，雖然很難想像世上有這樣的兩個人，但他們完善地管理財產，圓滑地運用財產，只為兩人的愛而活。

或者說，只為兩人愛的回憶而活，這樣比較適切。他們將每一刻都賭在那最初的相遇，那美麗的最初驚豔上。玲子在五十歲的丈夫身上，不斷地看到二十三歲的他；良輔在四十五歲的妻子身上，不斷地發現她十八歲的清純嬌羞。

這也太詭異了吧？要讓別人接受如此主觀的美之幻影是不可能的吧？其實當他們不再是二十三歲與十八歲，也就是從他們二十四歲與十九歲以後，在他們的人生裡，已成為他們對抗人生最重要的課題。他們頑固地不肯放棄，無論幾次都要回到最初的幻影、確認那個幻影，他們異常年輕的外表也助長了這種執著。

但是，再怎麼年輕也有限度。他們慢慢地開始躲避白天的陽光，但也討厭夜晚的人工光線，因此愛上了黃昏與拂曉時刻的微妙光線。在這種模糊朦朧但自然的光線裡，五十歲的男人與四十五歲的女人，陶醉在微妙的大自然恩澤所顯現的彼此輪廓中。唯有在這段模糊朦朧的時刻裡，大自然才放鬆嚴苛的法則，將遙遠的往昔年輕，保存得猶如山巔曙色一般新鮮。

至今玲子依然記得，十八歲時從母親的化妝台偷拿香水來擦的事。因為那時良輔很喜歡那個香味，於是香水成為她人生裡最具儀式性的香味，玲子只在和良輔之間的特殊場合才會擦那個香水。而如今根本無須多言，只要良輔想聞那種香味時，玲子就能直覺地知道，猶如十八歲的自己一樣，下工夫讓那股香氣從胸口散發出來。

此刻，這股香氣也飄盪在兩人相擁的陽台上。這時四十五歲的玲子，毫無疑問是十八歲。

良輔的家在東京郊區，位於多摩川旁，從二樓陽台望去，眼下一片廣大果樹園的彼方，有一條白色河流。這一帶最近車輛多了起來，但良輔家前面的果樹園擋住了噪音，當晨霧籠罩，宛如面對一片乳白色的湖面。

此刻穿著青色性感睡衣的玲子，在這種五月清晨的寒氣中，身體依然熱得如早上暖爐中紅通通的炭火。當良輔撫摸她的身體時，她身體各部位產生的可愛敏感反應與肉體的搖晃，還有隨著良輔手指移動所傳出的、猶如甦醒般的新鮮顫慄，以及踮起腳尖專注的少女模樣，一切都重現了十八歲的她。

良輔的強健，以及他吻結縭二十年妻子的率真與陶醉，在在都不像五十歲的男人。他依然保有年輕人的強壯臂力，當溫柔撫摸妻子的秀髮時，手指呈現出與臂力不同的韻味，帶著一種年輕人的羞澀顫慄。

這是一場美妙的接吻。多年以來，他們不曾有過如此單純而令人神魂顛倒的吻。

當然為了這個吻，他們付出了很大的努力，也做過許多看在世人眼裡覺得不自然而別過頭去、複雜的人工性嘗試。但唯一無庸置疑的是，這瞬間的接吻是世上極為自然的吻，兩人為了成就這個瞬間的自然，做了很多不自然的努力。

這也是無可奈何的事。為了對抗自然、騙過自然、再度驅動自然原有的率直力，非得窮盡人類的智慧不可。起初的幾年間，兩人憑藉的是詩與想像力。但因為詩與想像力具有「一次性的特質」，想回溯同一個源頭的努力立刻枯竭了。藉由詩或想像力所喚起的「神」，只會出現一次。當兩人深深感到這種方法無效後，接著改用演技。但儘管演技的特徵在於能重複，但為了重複，心要冷才行。

兩人想喚起的事很簡單，就是在某個五月的清晨，一個爽朗少女的眼眸望著心愛的男子，原野上充滿露水，地平線上有戰爭與生命的不安阻擋著，別離是預料中的事，接吻像拂曉的第一道晨曦掠過兩人青春的唇……就是這種難以忘懷至高無上的愛情場面。但結婚二十年來，丈夫一直在那裡，妻子也一直在那裡。這是誰都不能責怪的事吧。然而「在那裡」，意味著不能改變；「在那裡」，意味著確實之後就開始腐敗了。但他們和世間的夫妻不同，傾全力想抵抗這種腐敗與分解作用。

當他們發現詩、想像力、演技均告失敗後，兩人想到了最不自然的方法，並且徐徐地付諸行動。那大概是到了倦怠的盡頭，誰都會想到的辦法，但他們想以世上最美好、最完善的方式來做。這一切只為了五月的某個清晨，印在少女唇上的那個吻。也就是，他們開始利用別人。

利用別人的這種冷漠輕蔑感，成了兩人熱情的保證。他們甚至認為，對於除了年輕之外一無可取的人予以嚴厲的輕蔑，是教育這種人的正當手段。

於是現在，良輔和玲子在五月拂曉晨曦的陽台上結為一體。

他們知道世上再也找不到如此美麗、永遠年輕的一對璧人。幾年前，良輔開始用舶來品的白髮染劑，他的頭髮不但不會弄髒手指，也保持烏黑的青春光澤。玲子的美更是無須贅言，在絲毫沒有皺紋的眼睛四周的白皙肌膚中間，從那薄薄眼瞼中滾動的瞳眸光輝，可以窺見她敏感的少女靈魂。

兩人美好而巧妙地接吻，來自純真與熟練的稀有結合，他們熟知透過蕾絲窗簾，看起來會多麼美麗、多麼迷人，幾乎不屬於人世間的清純。

他們持續地接吻著，雞鳴不絕於耳，天光逐漸將兩人的輪廓染成櫻桃色。

——忽然，一個黑影從帷幔後面衝出陽台，撞上了兩人。

·下·

問——你的姓名和年齡？

答——山脇武，二十一歲。

問——學校呢？

答——L大學文學部。不過，我很少去上學。

問——家人呢？

答——我離開父母身邊，一個人在外面租房子住。

問——父母很高興地答應你搬出去？

答——並沒有很高興地答應。我爸是一間中小企業的老闆，想把他的小公司讓我繼承，可是我沒興趣。畢竟景氣這麼差，我老爸的樂天主義也見底了吧，不過他還是很拚就是。只是我老爸有個毛病，他很愛發脾氣，把我臭罵一頓以後就給我錢。因為他認為罵了我，卻不給我錢的話，我會鬧彆扭學壞，變成不良少年。所以我就故意惹他生氣，從他那裡拿了很多錢，再用這筆錢去新宿百人町租房子，一個人住在那裡。

問——你和宮崎百合是在哪裡認識的？

答——在最近我常去的一間現代的店「Funky」認識的。

問——「現代」是什麼意思？

答——就是現代爵士樂。你不知道啊？雖然我也懂得不多，不過我很喜歡很喜歡克里夫・布朗（Clifford Brown），在現代爵士樂的店裡，也只有「Funky」的老闆是布朗的樂迷，會放布朗的唱片，所以我常去那裡。我在那裡認識百合的，那一晚，我和百合都嗑了一點藥，所以當晚，百合來了我的公寓，就這樣上床了。

問——你和百合的肉體關係持續了多久？

答——大概半年吧。不過中間斷斷續續。雖然不是打得很火熱，但我們變成了死黨般的好朋友。百合也很喜歡克里夫·布朗，還從雜誌上現學現賣地說，那「充滿男性魅力、強健渾潤的音色」令她深深著迷呢。我們兩個在一起的時候，比起做愛，像這樣肩並肩一起聽布朗的唱片幸福多了。

有天晚上，我們像這樣陶醉在音樂裡的時候，一個生面孔的客人走進了「Funky」。「Funky」的燈光很暗，乍看是個打扮時髦的年輕女人，而且看起來是個天仙美女，引起眾人的矚目。不過當她來坐在我旁邊的位子時，我立刻看出了她的年齡。不管她再怎麼濃妝豔抹，絕對是個大嬸。

你別看我這樣，我可是兩三下就能看出女人的年齡喔。女人看起來很年輕，但看起來太年輕就假假的。真正年輕的女人，才不會強調自己的年輕呢。若是三十歲的女人，其實是頗具自信的，她們會把些許凋零的年輕當作賣點，端出不同於二十歲的商品，這種年輕不是亮晶晶的年輕。所以我猜這個女人一定有四十歲，結果我猜對了。

「妳這個老妖精。」我這麼想著，心裡有點爽。

「Funky」的常客裡，與其賣弄年輕與美貌，大多都是標榜愚蠢與貧窮，所以看到這種富有的異類，難免會感到自卑，但我倒是相反地抬頭挺胸。

那女人面向我而坐，四目相交時，她露出一種淺淺的、宛如蒙上一層雲靄的笑容。我也微笑以對，但這個瞬間身體突然變得輕飄飄的，我忘不了那種感覺。一旁的百合發現了，推推我的膝蓋說：

「不要逗人家。」

「有什麼關係，反正她是老太婆。」

「那你就趁機多撈點，叫她買輛跑車給你。」

在這種現代爵士樂的店裡，客人們很快就會變成朋友。那女人請我們喝酒，所以我們三個人就聊了起來，她還跟我們坦白說，她老公是個醋罈子，要是知道她一個人來這種店，後果不堪設想。我把自己和百合的關係連起來想，認為她會如此想像男人的嫉妒是出於自戀。

我們三個人聊得很開，她似乎也看出我和百合只不過是死黨關係，還對百合提供了這種情報：

「妳與其泡在這裡，不如去彩虹飯店的酒吧看看。聽說那裡聚集了一堆大叔，在找妳這種清新迷人的年輕小姐。」

問——你那一晚，就和這女人發生了關係嗎？

答——哎唷，別這麼急嘛。那女人剛開始能說善道，還說得推心置腹，但百合走了以後，只剩下我和她兩人，她突然變得僵硬拘謹起來，擺出一副不諳世事的模樣。因為看起來很難攻陷的樣子，我雖然一邊想著，一個老太婆幹麼裝模作樣，但奇妙地勾起了好奇心。

她穿著紫羅蘭色的洋裝。這衣服跟她很配，但那種相配帶著某種低俗的感覺。還有，未成熟少女的嬌羞與中年婦女的沉著，兩者奇怪地混雜在一起，若只是取其一還好，像這樣混在一起只會讓彼此顯得更加怪誕醜陋。

此外，我對於嘻皮笑臉溜進我們年輕人世界的大人們，無論男女，都抱著一種難以遏止的輕蔑。這女人時而會以天真無邪的眼神抬頭看我，但我覺得那像搖尾乞憐的小狗，令人作嘔。

我希望她能更堂堂正正些。她又沒做什麼壞事，卻有著犯罪者的心神不寧。看到這種疑神疑鬼的恐懼，更讓我想折磨她。

不論她怎麼化妝隱瞞，她的鼻翼、耳畔都流露出年華已逝的痕跡。聲音很可愛，不過和她的年齡不搭，聽起來反而像矯柔造作的假聲。但我並不討厭這種用金錢堆積起來的亮麗醜陋。當我們去舞池跳舞、她嘟起嘴唇時，我覺得她的嘴形有種難以形容的威儀與華貴，充滿我完全不熟悉的年長女性威嚴。如果她有白髮，完全不化妝的話，我可能會更愛她吧。

「要是被我先生看到就糟了。」

坐在夜店的桌旁，她一邊神經質地張望四周客人，一邊在我耳邊囁嚅。

「為什麼？是妳自己要來『Funky』找男人不是嗎？」

「你這麼說，我就無話可說了……」

「妳愛妳老公嗎？」

「我不愛他，我是怕他。」

「這倒是挺刺激的嘛。」

我喜歡用這種小毛頭的口氣揶揄她，感覺很爽。

那晚我們只有接吻而已。但接吻時，她的反應讓我大吃一驚。那簡直像處女的初吻般驚天動地，搞不懂她真的有如此深刻的感受，還是她的演技誇張到如此驚人。總之讓我覺得不太舒服。然後臨走時，她把零用錢塞進我手裡說：「下次『Funky』見。」

問——她給你多少零用錢？

答——五千塊。這不是一筆小數目，坦白說，那也是我生平第一次拿女人的錢。

問——當時你沒拒絕嗎？

答——我有猶豫了一下，可是她說：「當作你的教育費，收著吧。」

問——教育費是什麼意思？

答——這我哪知道啊。

問——那第二次見到她的情況如何？

答——在這之前，我得先談我和百合的事。第二天我和百合見面了，但奇怪的是，我們兩人的友情好像在那一天結束了。

因為兩人都不想提昨天的事，說起話來支吾其詞。我說兩人是因為，我很了解百合的個性，她前一晚和我道別後，應該沒有直接回家。過去我們是無話不談的朋友，但這一次，關於那女人的事，我永遠都不想跟任何人說。

問——好了，所以你和那女人第二次見面的情況如何？

答——她變得比之前更消極，我很清楚她是在吊我的胃口。然後不斷地說被她老公知道就慘了，萬一被她老公知道一定會殺了她。

我知道這是她用來刺激我的伎倆，故意壞心眼地說：

「也是啦，如果妳年輕個二十歲，妳老公說不定醋勁大發。」

「如果我年輕二十歲，你知道我幾歲嗎？」

「妳自己不會算啊。」

我冷酷地頂回去。她露出些許落寞的神情。

這女人身上穿戴的都是奢侈品，香水也是我不知道的高檔貨。她時而會露出在想其他事情的模樣，我倒是滿在意的。我們夜晚的公園散步，然後躲到樹蔭下，和許多情侶一樣，做出適合那個地方的事。她像少女般渾身顫抖，不過當然，我們沒有突破最後那道防線。

問——「當然」是什麼意思？

答——因為我不想主動再進一步。除非她主動引誘我……說不定，我稍微有點愛上她了。

問——你明知她大你很多歲，還對她有意思？其實是為了錢吧？

答——如果是為了錢，我會更積極主動追她吧。或許我是看到她把臉藏在暗處才安心，所以產生憐愛之情吧。她在暗處時，確實會變得比較有活力，還會發出那種少女般的笑聲。光聽那個笑聲，會覺得她十八歲，而手臂的肌膚也可能被草的露水沾溼了，摸起來非常光滑。

我把她的醜陋和一把年紀的噁心，牢牢記在心裡以免忘記。這種冷靜的認知成了一種陶醉，很像聽「冷爵士」的感覺。我保持輕蔑之心。這個女人害怕現實。既然如此，我就要緊緊掌握住她害怕的現實。

問——你回答得太抽象，跟我要的答案不一樣，請你說得具體一點……你跟這女人，之後也維持這種一進一退的交往，而且你每次都收她的錢吧？

答——是的。

問——還有，這女人常說被老公知道會很慘是吧？

答——是的。走在街上的時候，她也會突然睜大眼睛，露出害怕的眼神，說她覺得老公好像在哪裡看著她。而且她還說，她害怕陽光不是為了隱藏年紀，而是覺得太陽就像她老公的眼睛一樣。這種說法太可笑，我聽了用力拍了一下她的屁股。過了一會兒，她含著眼淚跟我說「謝謝」。

如果我真的輕蔑她，就算硬上，我也早就和她上床了。

問——但是，有證據證明你最後和她發生了關係。經過的情形到底是怎樣？

答——有天晚上，我按捺不住一股奇妙的慾望，就邀她去賓館。既然開口邀了，哪怕硬上，我也要今晚搞定，否則我的自尊心會受傷。但她忽然垂頭喪氣地拜託我，叫我再等一天，說隨便去街上的賓館，一定會被她老公發現。她會準備安全的地方，希望我能等到隔天晚上。

問——結果你等了？

答——我的輕蔑叫我等了。

問——然後呢？

答——隔天晚上，她打扮得比平常更豔麗，自己開著一輛紅色的MG（Morris Garages）來。我從來沒想過她會開車，更沒想到她會開這麼拉風的車，所以很高興上了她的車。「我知道一間房子，在郊外有點遠，不過誰都找不到那個地方喲。我帶你去那裡。屋主放任朋友在那間房子裡隨便亂來，所以不管發生什麼事，你都別大驚小怪喔。」

她只交代了這段話，就奔馳在深夜的路上，開往多摩川，過了橋，沿著屋舍稀疏的道路，駛進一處果樹園，往月光灑落暗影的小徑前進。

問——她其實是帶你去她家吧？

問——是的。不過我很笨，直到隔天早上都沒發現。到家後，她拿出蠟燭點火，走進昏暗的玄關大廳，上了樓梯。

我納悶地心想，又不是沒電燈，就會故意製造氛圍。但其實這也顯現出她怕亮的心理。終於，我被帶到二樓一間寬廣房間的一角。整個房間只有垂下陽台窗簾的法式落地窗、透進些許朦朧的光線，房間裡的大型舊家具變成一團團黑影，完全看不到房間深處。

我們兩人躺在靠牆放置的大型貴妃椅上。這時，遠處傳來細微的囁嚅聲，還有女人似哭非哭、似笑非笑的低語聲。

「別去理會。」

因為她這麼說，我就不予理會了。其實我在啤酒裡放了不少迷幻藥，所以那時很輕鬆，覺得什麼事都能隨心所欲。

她在黑暗中脫掉衣服，宛如被恐懼驅使般撲進我的懷裡。但其實那不是恐懼，而是激烈到令人害怕的真摯喜悅。我認識不少年輕女孩，年輕女孩會因為奇妙的虛榮心作祟而壓抑自己的喜悅，一直在心裡計算自己的喜悅，像貓一樣小氣地露出自己的喜悅，把肉體的語言全部翻譯成無聊的精神語言，說著搞錯狀況的浪漫話語；這些常常讓我感到無力。

但這個四十歲的女人，是我見過的女人中，最有女人味的女人。猶如夏夜銀河綻放出乳白色朦朧光暈，再融入黑暗裡。而且好幾次啜泣時，她瘋狂地抱住我的臉，確認我的臉真實存在，用勉強聽得見的聲音低聲呼喚：

「阿良。」

我因為迷幻藥的作用，不太注意這種事，只是愈來愈激烈地愛撫她。她像這樣呼喚五、六次那個男人的名字。宛如要確定這個男人的名字般，撫摸我的肌膚。

我完全不在乎。在快樂裡，在某種抽象的喜悅裡，對世界毫不關心的我，甚至連這樣的自己也不在乎。在這個片刻，就算是氫彈，我也可以毫不在乎地用腳趾頭把它當作玩具玩吧。

……不知不覺中，我睡著了。

問——然後就到了那天早上？

答——雖說是早上，不過我醒來的時候，房間裡依然一片昏暗。

問——你醒來最先看到的是什麼？

答——我沒有想要看什麼，可是在黎明的寒氣中，清楚地察覺身邊的女人不見了。我茫然地站起來，結果發現一個白色物體躺在家具那邊。看起來像個女人。我悄悄地、躡手躡腳地，小心翼翼地閃過很多古董家具走過去。連睡臉都還看不清的時候，我就知道那是百合了。我小聲喊著「百合」，輕輕地搖她。

問——百合立刻醒了嗎？

答——是的，她一下子就醒來了。

「你怎麼會在這裡？」她睜大眼睛，盯著我問。

「我才要問妳為什麼在這裡呢！」

「我是昨晚被男人帶來的呀。就是上個月在彩虹飯店認識的大叔。」

「這樣啊。我懂了，我們被利用了。」

「被利用什麼？」

「被利用來當他們的道具。可惡！居然用這種方式欺負人！」

「我懂了。」

百合也很快就懂了，她毫不慌亂，側身坐在我剛才睡的貴妃椅對面、另一張貴妃椅上，愣愣地玩弄髮尾，還把髮尾放進嘴裡。之後她突然看向法式落地窗，也示意我看向那裡。

問——那時你在法式落地窗外的陽台看到什麼？

答——看到一對夫妻站著擁抱。他們是夫妻沒錯。世上罕見的，一夫一妻制的楷模。我們被他們騙了，被利用了。

問——接下來呢？

答——我一直看著他們。看著他們陶醉地接吻。

問——吻了多久？

答——五分鐘……十分鐘……好像更久。

問——看著這一幕的時候，你的心情是憤怒？還是怨恨？

答——都不是。

問——可是你的心情慢慢激動起來，忽然把手伸進口袋裡，發現一把彈簧刀，你不由得握住刀把、彈出刀刃；這是憤怒吧？還是說，這是冷靜？然後你突然衝到陽台上，先刺殺那個女人，然後再刺殺丈夫。你的犯行無庸置疑。但是，若是身為一個被利用、被當作道具使用的年輕人，所產生的衝動憤怒所致，多少還有從輕量刑的餘地。你為什麼不這麼說呢？

答——我不能這麼說。因為那不是單純的憤怒。

問——不是單純的憤怒，那是什麼憤怒？

答——該怎麼說呢？若是讚美和憤怒混合在一起，該稱為什麼？那個憤怒裡夾雜了喜悅和憧憬，又該稱為什麼？

看著那對悖德的夫妻，那對不健全、非人性的夫妻漫長接吻之際，我有種「被打敗」的感覺。不僅是被欺騙、被利用的憤怒，還有一種敗北感，像水牢裡的水一樣逐漸漫到我的胸口。

因為那時候，我感覺到我們是贗品，他們才是真品。和他們相比，我們只不過是影子，除了年輕一無可取，被這樣利用也只是剛剛好。

說來奇怪，他們在長吻之際，隨著晨光漸亮也開始有了變化。那個老太婆和老頭子，真的比任何年輕美麗的情侶，看起來更年輕更美麗。

我聽到了不絕於耳的雞叫聲。在那不吉利的雞鳴裡，他們美得像即將破碎前的脆弱陶器，映著晨曦變成了玫瑰色。我沒見過這麼美、這麼純真的接吻，以後大概也看不到了。

我將刀刃朝向他們，站了起來。

問——為什麼？

答——因為他們太美了，是真品……只因如此，只因如此。除此之外，我沒有任何理由殺他們。

三島由紀夫文集 13

女神：三島由紀夫經典短篇小說選
めがみ

作者　三島由紀夫（みしま ゆきお）
譯者　陳系美
社長　陳蕙慧
主編　張立雯
責任編輯　謝晴
電腦排版　極翔企業有限公司

集團社長　郭重興
發行人　曾大福
出版　木馬文化事業股份有限公司
發行　遠足文化事業股份有限公司
地址 231新北市新店區民權路108之4號8樓
電話 02-2218-1417　傳真 02-2218-0727
email: service@bookrep.com.tw
郵撥帳號 19588272 木馬文化事業股份有限公司
客服專線 0800221029
法律顧問　華洋國際專利商標事務所 蘇文生 律師
印刷　成陽印刷股份有限公司
初版　2018年6月
初版4刷　2023年4月
定價　新台幣300元
ISBN 978-986-359-543-4
有著作權 翻印必究

特別聲明：有關本書中的言論內容，不代表本公司/出版集團之立場與意見，文責由作者自行承擔
MEGAMI and other 10 stories by MISHIMA Yukio
Collection copyright © 1978 by The Heirs of MISHIMA Yukio
All rights reserved.
Originally published in Japan by SHINCHOSHA Publishing Co., Ltd.
Chinese (in complex character only) translation rights arranged with
The Heirs of MISHIMA Yukio, Japan
through THE SAKAI AGENCY and BARDON-CHINESE MEDIA AGENCY.

國家圖書館出版品預行編目(CIP)資料

女神 / 三島由紀夫著；陳系美譯. -- 初版.
-- 新北市：木馬文化出版：遠足文化發行,
2018.06
面；　公分. --（三島由紀夫文集；13）
譯自：めがみ
ISBN 978-986-359-543-4（平裝）

861.57　　107007588